L'AUBERGE

DES RUINES,

MÉLODRAME

EN TROIS ACTES, A SPECTACLE,

PAR M. LOUIS,

Musique de MM. QUAISAIN et LANUSSE;

Ballet de M. MILLOT.

Représenté pour la première fois, à Paris, sur le Théâtre de l'Ambigu - Comique, le 23 Février 1814.

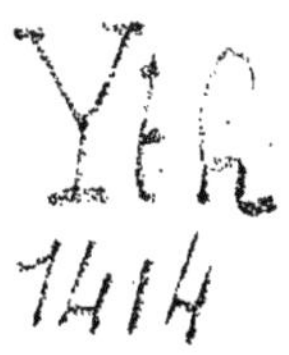

A PARIS,

Chez GARDY, Libraire, au Magasin général de Pièces de Théâtre, boulevard du Temple, n°. 33, vis-à-vis le Théâtre de la Gaîté.

1814.

<table>
<tr><td>PERSONNAGES.</td><td>ACTEURS.</td></tr>
</table>

NADASTI, Magnat de Hongrie.	M. *Joigny.*
IMMA, sa fille.	Mlle. *Eléonore.*
AUGUSTE DE DALHEIM, officier Hongrois au service d'Autriche.	M. *Fresnoy.*
LÉONTINE, son épouse.	Mlle. *Palmyre.*
SERINI, noble Hongrois au service d'Autriche.	M. *Grévin.*
FROHBERG, Général Autrichien.	M. *Defresne.*
BIRK, son Ecuyer.	M. *Douvry.*
PAOLO, Garde-Forestier.	M. *Raffile.*
PHILIPPE, Aubergiste.	M. *Salé.*
MARIANNE, } au service de Philippe.	Mlle. *Lagrenois.*
LUDOLF, }	M. *Stokleit.*
Un Courrier.	
Vassaux du Magnat.	
Soldats Hongrois.	} *Personnages*
Gens de Philippe.	*muets.*
Bucherons.	
Chasseurs.	

La Scène est en Hongrie; l'action se passe en 1716.

L'AUBERGE DES RUINES.

Une forêt. A droite, le chemin qui conduit au château du Magnat Nadasti. A gauche, également sur le dernier plan, la maison d'un forestier, masquée en partie par quelques arbres isolés.

SCENE PREMIERE.
(*Crépuscule du matin.*)

P H I L I P P E (*arrive avec précaution.*)

Le jour ne va pas tarder à paraître. — C'est bien ici, aux pieds de la montagne qui conduit au château du Magnat Nadasti, que Birk m'a dit de venir l'attendre. Malgré son déguisement et les précautions qu'il a prises pour s'introduire dans le château, je ne suis pas sans inquiétude... La vigilance des gens de Nadasti, et leur attachement à leur maître sont connus. Ils doivent même être plus que jamais sur leurs gardes; car quoique le camp du prince Eugène, qui tient le grand visir du sultan Achmet, assiégé dans Témeswar, ne soit qu'à deux lieues d'ici, le château n'est cependant point à l'abri d'un coup de main. J'avais prévenu Birk sur le danger auquel il allait s'exposer. Il n'a pas voulu m'écouter. (*Birk, déguisé en juif polonais, descend de la montagne.*) Mais je crois appercevoir quelqu'un.... Si c'était lui ! — Approchons.....

SCENE II.
PHILIPPE BIRK.

P H I L I P P E.

Je ne me trompe pas.... c'est toi !

B I R K.

Oui ! Tout a réussi au gré de mes désirs. A la faveur de ce déguisement, et d'une histoire de voleurs, j'ai obtenu la permission de passer la nuit au château.

P H I L I P P E.

Eh bien ?

B I R K.

Tes renseignemens étaient exacts. J'ai vu Léontine. Mais ce que je ne conçois pas, c'est qu'elle passe ici pour la fille du Magnat.

P H I L I P P E.

Tous les habitans du pays sont convaincus que cette jeune personne est en effet la fille de leur seigneur.... Es-tu bien certain du contraire ?....

B I R K.

Personne ne la connaît mieux que moi. Léontine est la

fille d'un homme qui avait occupé à Vienne une place distinguée dans la magistrature. Le général Frohberg, mon maître, la vit dans la maison de son tuteur, et en devint éperduement amoureux. Chevalier de Malthe, il ne pouvait conséquemment se marier sans renoncer aux premières dignités de son ordre. Il fallait oublier Léontine, ou employer d'autres moyens pour satisfaire sa passion; mais Frohberg, riche, puissant, peu accoutumé à rencontrer des obstacles à ses désirs, ne reste pas longtems indécis, il me donne ses instructions. Je prends des renseignemens plus particuliers sur le tuteur; j'apprends qu'il aime l'argent, et qu'il n'est même pas trop scrupuleux sur les moyens d'en acquérir. Je vais le trouver, je fais briller à ses yeux une somme considérable; il est à nous, et nous convenons de nos faits. Pour couvrir sa responsabilité, il fut d'abord arrêté que nous marierions sa pupile à l'un de ces nobles aventuriers qui n'ont pour toute fortune que la cappe et l'épée, et dont un homme puissant peut se servir à son gré, et faire ensuite, sans se compromettre, rentrer dans le néant.

P H I L I P P E.

La plaisante manière d'obtenir celle que l'on aime, de la donner pour femme à un autre!

B I R K.

Après maintes recherches inutiles j'eus enfin le bonheur de déterrer l'homme qu'il nous fallait; je lui fais mes propositions; il accepte. La célébration du mariage a lieu en ma présence; en sortant de la chapelle, le mari part pour l'armée avec un brevet d'officier, et la petite femme nous reste.

P H I L I P P E

Bravo!

B I R K.

Elle est conduite dans une maison disposée pour la recevoir : elle croyait y être chez elle.

P H I L I P P F.

Mais comment parvîntes-vous à légitimer la disparition de ce mari, que vous lui aviez donné, et enlevé presqu'au même instant?

B I R K.

Léontine avait une si aveugle confiance dans son coquin de tuteur, que celui-ci n'eût pas de peine à lui faire accroire qu'une affaire d'honnour, dans laquelle son époux avait eu le malheur de tuer son adversaire, le forçait à se cacher, et même à s'absenter momentanément de Vienne. Cependant le général lui fut présenté, sous un nom supposé, comme un homme à crédit qu'il était bon de ménager; il n'arrivait jamais que le soir, entrait par une petite porte du jardin, afin de n'être vu de personne.

P H I L I P P E.

Précaution louable en pareille circonstance. Vous ne pouviez manquer de réussir....

B I R K.

C'est aussi ce que j'espérais. Eh bien ! point du tout. Malgré la plus exacte surveillance, Léontine est éclairée sur nos projets, et sur sa situation, par un ami de son époux, un certain Waldbourg, qui se chargea de favoriser son évasion....   P H I L I P P E.

Comment vous la laissâtes échapper ?

B I R K.

Eh oui, de par tous les diables ! Il est vrai que ce damné de Waldbourg tomba sous nos coups en voulant protéger la fuite de Léontine ; qu'elle-même ne dût son salut qu'à l'épaisseur des ténèbres. Il est vrai encore que nous eûmes la consolation de faire arrêter l'époux lui-même qui, sans doute instruit, revenait, disait-il, venger son honneur outragé... Mais Léontine n'en était pas moins perdue pour nous, et après deux années entières de perquisitions infructueuses, sans le hazard qui m'a conduit dans ces lieux, et m'a fait te rencontrer, mon maître allait renoncer à l'espoir de retrouver celle qu'il aime plus que jamais. Comme j'ai dessein de me servir de toi, il était nécessaire de te mettre bien au fait. Actuellement écoute mon projet. Il faut enlever Léontine..   P H I L I P P E.

La chose ne sera pas facile.....

B I R K.

Nous réussirons si tu veux me seconder.

P H I L I P P E,

Eh ! parbleu je ne demande pas mieux.

B I R K.

J'ai visité ton habitation. Ces ruines d'un vieux château que tu as su transformer en auberge, offrent une retraite impénétrable ; les gens que tu as à ta disposition, et dont tu m'assures avoir déjà, en plus d'une occasion difficile, éprouvé le courage et l'intelligence, nous seront utiles !... Je te quitte pour aller au camp, près de mon maître, l'instruire de notre heureuse découverte, retourne chez toi, et je ne tarderai pas à venir te rejoindre.

P H I L I P P E,

Tu peux compter sur moi.

B I R K.

Partons....   (*Ils sortent.*)

S C E N E I I I.
P A O L O A U G U S T E.

P A O L O (*entrouvre la croisée de sa maison au premier*).
J'avais cru entendre parler. Je ne vois personne !

A U G U S T E (*sort . de la Maison.*)

P A O L O.

Ah ! voilà le jeune officier qui demeure chez moi. Bonjour mon lieutenant. Déjà éveillé. A peine fait-il jour. Attendez, je vais vous rejoindre. J'ai à vous parler. (*il se retire de la fenêtre.*)

S C E N E I V.

A U G U S T E.

Il a raison ! Le sommeil a fui mes paupières. L'étrange aventure ! J'arrive hier matin du camp... Mon ami le capitaine Serini me présente aussitôt au Magnat et à ses charmantes filles... La figure de l'aînée me frappe... L'impression qu'elle fait sur moi augmente à chaque parole qu'elle profère.... Mes yeux suivent tous ses mouvemens, et ne peuvent plus se détacher d'elle... Nous quittons le château, et pour la première fois, la société de mon ami m'est à charge.... Je cherche la solitude. Je veux rêver à Léontine. Son image me suit partout.... Allons, allons !... Trèves de projets chimeriques.... Il ne manquerait à la bizarrerie de ma destinée que de devenir amoureux de la fille d'un Magnat de Hongrie....

S C E N E V.

A U G U S T E P A O L O.

P A O L O.

On assure, mon lieutenant, qu'à peine arrivé vous allez déjà nous quitter.

A U G U S T E.

J'ai en effet apporté l'ordre aux divers détachemens cantonnés dans les villages voisins de se rassembler ce matin pour retourner au camp devant Témeswar ; mais votre Magnat ayant demandé au prince Eugène une garnison pour son château, il serait possible que son choix tombât sur notre compagnie.

P A O L O.

Monseigneur, j'en suis certain, en serait enchanté ; car après le service que vous lui avez rendu....

A U G U S T E.

Comment ?

P A O L O.

Ce que nos bucherons racontaient hier serait-il faux ?.... Vous n'auriez pas sauvé la vie à l'une de nos demoiselles...

A U G U S T E.

On exagère.... Le danger n'était point aussi imminent ! Je me promenais dans les environs du parc ; tout à coup j'apperçois une femme sur un cheval fougueux qu'elle ne pouvait plus diriger.... Je m'élance à sa rencontre ; j'ai le bonheur de saisir la bride... Je tombe , le cheval me traîne quelques pas , enfin il s'arrête... Je me relève, et je reçois Léontine dans mes bras.... Tu vois qu'il n'y a rien de bien extraordinaire à cela !

P A O L O.

Je vois que sans vous le deuil serait aujourd'hui dans le château.... Dans tout le pays... Car c'est un ange que cette bonne demoiselle, il suffit de la regarder pour s'en convaincre.

A U G U S T E.

Oui , tu as raison... La beauté de son âme est peinte sur sa figure.

P A O L O.

Autrefois nous étions bien malheureux, mais actuellement grâce à elle , c'est fini.

A U G U S T E.

Comment cela ?

P A O L O.

Faut que vous sachiez que notre Magnat, élevé , marié à Vienne , n'était jamais venu habiter ce château. Quand il quittait la capitale c'était toujours pour se rendre aux armées, où il s'est fait une grande réputation. Pendant ce tems, un coquin d'intendant nous tondait, comme on dit , la laine sur le dos. Mais voilà deux ans bientôt que monseigneur arrive tout à coup avec deux grandes et belles demoiselles qui sont ses filles. L'aînée , Léontine, s'informe, interroge ; l'intendant est chassé. Monseigneur s'occupe de nous; mais le respect empêchait souvent de parler. Fallait alors voir mademoiselle Léontine et sa sœur Imma , qui est si gentille, si éveillée , aller d'une chaumière à l'autre ; c'était toujours le plus misérable qui avait la préférence. Ça vous touche, n'est-ce pas.... Vous connaissez actuellement le service que vous nous avez rendu en nous conservant cette chère demoiselle.... (*On entend un coup de fusil, Auguste et Paolo remontent la scène.*)

S E R I N I (*derrière la Scène.*)

Tayau ! tayau !

P A O L O.

C'est la voix du capitaine.

S C E N E V I.

LES MÊMES, SERINI (*sur le rocher, il a l'air de suivre quelque chose des yeux.*)

A U G U S T E.

C'est lui-même !

P A O L O.

Votre ami est bien le chasseur le plus intrépide et le plus maladroit que je connaisse.

Serini (*a descendu le rocher pendant le couplet de Paolo;
serrant la main à Auguste.*)

Bonjour mon ami. (*à Paolo*). Bonjour vieux renard...
C'etait un chevreuil, je lui ai fait une peur de diable.

PAOLO.

M'est avis, mon capitaine, que vous avez assez l'habitude
de vous en tenir-là.

SERINI.

Tu crois! A propos, on dit qu'il y a aujourd'hui grande
chasse au sanglier.

PAOLO.

C'est vrai.

SERINI.

Et puis c'est aussi la fête du comte.

PAOLO.

Oui, et ça me rappèle que j'ai encore divers préparatifs
à faire. Au revoir, messieurs.

SERINI.

Attends donc.

PAOLO.

Pardon ; mais il faut que j'aille rassembler mes bucherons. Avant de partir pour la chasse, monseigneur recevra
ici nos bouquets et nos félicitations : c'est l'ancien usage.

(*Il sort.*)

SCÈNE VII.
AUGUSTE, SERINI.

SERINI.

Auguste ! Auguste !

AUGUSTE.

Tu me parlais ?

SERINI.

Allons, le voilà encore retombé dans son humeur sombre
et mélancolique ! Hier, en arrivant, tu avais un air joyeux,
satisfait : je te croyais guéri.

AUGUSTE.

Le plaisir de te revoir après un mois de séparation....

SERINI.

Non, non, tu fus très-bien au château; je ne t'avais
même jamais vu aussi aimable.... La préférence marquée
que tu paraissais donner à Léontine.... Tes yeux qui la
suivaient partout....

AUGUSTE.

Tu te trompes....

SERINI.

Ma foi tant pis ; car déjà ce matin, tout en battant le
taillis, je faisais dans ma tête le roman du reste de notre
vie entière. Auguste, me disais-je, aime Léontine....

A U G U S T E.

Cet amour serait un peu précoce.

S E R I N I.

Et pourquoi pas, la sympathie ! Je raffole de la gentille Imma, je l'épouse.... Je demande pour toi la main de sa sœur.... Le magnat n'a rien à refuser à son gendre, et voilà que bientôt nous ne faisons plus qu'une même famille.

A U G U S T E.

J'admire l'heureuse fécondité de ton imagination..... A une pareille enchanteresse, il n'y a rien d'impossible.

S E R I N I.

Mais je ne vois rien aussi dans tout cela qui ne puisse se réaliser. Nadasti est un grand seigneur; mais toi, ne parcours-tu pas avec distinction la plus noble carrière ? Qu'y aurait-il d'ailleurs de si extraordinaire de voir un père donner sa fille à qui la lui a conservée ?

A U G U S T E (*avec vivacité.*)

Eh ! mon ami, tout ce que tu dis serait vrai ; j'aimerais Léontine, son père lui-même m'offrirait sa main, que je serais encore contraint de la refuser.

S E R I N I.

Comment cela ?

A U G U S T E.

Je suis marié.

S E R I N I.

Toi, marié ! et où est ta femme ?

A U G U S T E.

Je l'ignore.

S E R I N I.

Est-elle jeune, jolie?

A U G U S T E.

Je le présume.

S E R I N I.

Comment ! tu le présumes.... Mais tu connais ta femme, j'espère ?

A U G U S T E.

Non.

S E R I N I.

Non ! en voilà bien d'une autre. (*piqué.*) Auguste ! il n'est pas délicat de ta part de répondre par une plaisanterie aux doux épanchemens de l'amitié....

A U G U S T E.

Ce peu de mots qui me sont échappés m'imposent, je le vois, l'obligation de te faire ma confidence toute entière.

S E R I N I.

Eh quoi ! tu parlais donc sérieusement ?

A U G U S T E.

Ecoute, et juge toi-même s'il est une destinée plus bizarre, plus affreuse que la mienne : mon père, toujours plus avide de gloire que soigneux de sa fortune, venait d'expirer aux champs de l'honneur. Ma pauvre mère, sur ses vieux jours, allait éprouver le besoin. Je pars pour Vienne, je veux y réclamer le prix des longs services de mon père. Le froid égoïsme me ferme toutes les portes. Déjà l'indignation s'emparait de mon cœur, et je roulais dans ma tête les plus sinistres projets, lorsqu'un inconnu m'arrête aux portes mêmes du palais impérial. Monsieur de Dalheim, me dit-il, (c'est le nom de ma famille) j'ai fait prendre sur vous les renseignemens les plus exacts; je connais vos malheurs, il ne dépend que de vous de les faire cesser. La surprise m'avait ôté au premier instant l'usage de la parole. Parlez, lui dis-je enfin, parlez, monsieur, que faut-il faire ? Il me prit alors par la main, et, me menant à l'écart, il me promet une pension pour ma mère, un brevet d'officier pour moi, si je voulais consentir à épouser une jeune personne sage et honnête, à laquelle ses parens, par des raisons qui n'avaient rien que de louable, se trouvaient forcés de donner secrètement un époux....

SERINI.

La singulière proposition !... Eh bien ?

AUGUSTE.

L'image d'une mère expirante se retraça en ce moment à mon esprit, et je consentis à tout.

SERINI.

Ma foi, à ta place, j'en aurais fait tout autant.

AUGUSTE.

Je dois ajouter encore, continua l'étranger, que vous ne pourrez voir votre épouse qu'aux pieds des autels. Le contrat de mariage signé, je vous remettrai vos brevets ; vous nous quitterez à l'instant même, en me donnant votre parole d'honneur de ne reparaître à Vienne que lorsque je vous y rappellerai.

SERINI.

Voici, par exemple, qui n'était pas clair; et, à ta place, je me serais méfié du mystérieux bienfaiteur.

AUGUSTE.

Je sauvais une mère adorée; je l'arrachais à la misère, aucune autre réflexion ne me vint à l'esprit. Au jour fixé on vint me prendre, et, après maints détours, la voiture s'arrête devant une chapelle isolée; j'y retrouvai mon homme et deux autres personnes qui servirent de témoins. Un voile épais couvrait le visage de la personne que l'on me fit conduire à l'autel; mais, à sa démarche, à son maintien, il ne me fut pas difficile de deviner son extrême jeunesse.

SERINI.

C'est-à-dire que tu épousais sans voir.

AUGUSTE.

Encore une fois , je ne voyais que ma mère. La cérémonie
achevée, on me présente le contrat : le nom de ma femme ,
ainsi qu'il en avait été convenu, était resté en blanc. Je
signe. On me remet les deux brevets. Je crois devoir adresser
quelques paroles aimables à ma nouvelle épouse; mais déjà
on l'entraîne; on me presse, on me repousse, on me rappelle
la parole donnée, et je sors de la chapelle dont les portes se
ferment aussitôt sur moi.

SERINI.

L'étrange aventure ! Mon ami , depuis que le monde existe
et qu'il s'y fait des mariages. personne encore ne s'est marié
comme toi. **AUGUSTE.**

La seule personne que je connusse à Vienne était un ancien ami et frère d'armes de mon père, le baron de Waldbourg. Je lui avais caché mon mariage; mais je ne pus résister
au désir de lui faire part des singulières circonstances qui
l'avaient accompagné. La manière dont il reçut ma confidence aurait dû me frapper; mais pressé de revoler aux
lieux de ma naissance, je n'y fis pas attention. Hélas ! je
n'avais plus de mère! et cette perte que je regardais comme
le dernier degré de l'infortune était un bienfait de la providence. A quel prix , grand dieu ! venais-je d'acheter l'espoir
d'embellir ses derniers instans ! Je reçois une lettre de Waldbourg, il m'apprend que j'avais donné mon nom à la maîtresse d'un seigneur de la cour.....

SERINI.

J'en avais le pressentiment.

AUGUSTE.

Il me presse de revenir, pour m'adresser à l'autorité et
faire casser mon mariage.

SERINI.

Eh bien !

AUGUSTE.

Je pars. Je me rends chez mon ami. Il avait disparu. Juge
de mon désespoir. Je parcours comme un insensé toutes les
rues de la capitale, cherchant partout à recueillir des renseignemens que personne ne pouvait me donner. Enfin je
perds la tête. Ma rage impuissante s'exhale en propos séditieux
contre le gouvernement, contre le souverain même. Je suis
arrêté, et l'on m'annonce que c'est à la sollicitation de ma
femme que je vais être privé de la liberté. Conduit dans une
prison d'état, sur les frontières de la Hongrie, j'y languis six
mois entiers. Enfin je trouve moyen de m'échapper.

SERINI.

Quelle imprudence.

AUGUSTE.

Je crois plutôt qu'on me laissa évader.

SERINI.

S'il en est ainsi, c'est un nouveau piège que l'on te tendait; car tu sais sans doute que la loi punit de mort tout prisonnier d'état qui ose briser ses fers.

AUGUSTE.

Je l'ignorais. Je changeai de nom, et m'enrôlai comme simple soldat dans notre régiment.

SERINI.

Où remarqué par le prince, tu obtins bientôt le grade d'officier sur le champ de bataille. Mon ami, jusqu'ici ton récit m'avait plus surpris qu'affecté, mais cette malheureuse évasion...

AUGUSTE.

Mon arrestation n'était-elle pas elle-même la plus grande injustice...

SERINI,

Juste ou injuste, tu as brisé tes fers. Voilà ton crime. En sens tu les conséquences?

AUGUSTE.

Personne ne me connaît ici sous mon véritable nom. Que pourrais-je avoir à craindre?

SERINI.

Il ne faut qu'un de ces hasards malheureux pour te faire reconnaître. Mais attends... Oui c'est cela. Mon oncle le Magnat Serini est en ce moment à Vienne. Il jouit d'un grand crédit à la cour. Si je lui écrivais... Non, non il vaut mieux que je lui parle. Auguste, dans deux jours je pars pour Vienne. Allons, mon oncle, vous qui vous plaignez de voir si rarement votre cher neveu, cette fois vous jouirez de ce plaisir tout à votre aise; car je ne vous quitterai que lorsque vous m'aurez obtenu la grâce de mon ami.

AUGUSTE.

Cher Serini!

SERINI.

Je pars. C'est convenu, et qu'il n'en soit plus question. (*sons du tambour*). Entends tu? On nous appelle. J'étais venu te chercher, et je l'avais oublié. Le colonel va désigner sans doute le détachement qui formera la garnison du château. Ah! si l'on pouvait choisir ma compagnie! Mais voici déjà Paolo à la tête de ses bucherons.

SCENE VIII.

LES MÊMES, PAOLO, Bucherons, Villageois.

PAOLO.

Ah! parbleu, mon capitaine, je suis bien content de vous retrouver encore ici. Il m'est venu l'idée d'un petit divertissement pour lequel j'aurai besoin que vous m'aidiez.

S E R I N I.

Eh bien voyons ! Explique-toi !

P A O L O.

Je viens de voir vos soldats qui se rassemblent près de la grande fontaine. Si vous leur faisiez prendre part à la fête. Vous savez que Monseigneur est militaire dans l'âme... Ça lui ferait un plaisir...

S E R I N I.

Ton idée est bonne... Mais tu sais que nous allons retourner sous les murs de Témeswar. Une seule compagnie restera ici. Si c'est la mienne, tu peux compter sur moi.

P A O L O.

C'est dit ! (*L'orchestre annonce l'arrivée du Magnat par une fanfare de chasse*). Monseigeur sort du château. J'irai tout à l'heure vous rejoindre. Il faut que nous nous entendions. (*Serini et Auguste sortent*).

S C E N E IX.

P A O L O, Bucherons, Villageois.

P A O L O.

Voici Monseigneur! (*Il range ses Bucherons qui sont armés de leurs haches*). Quand à vous, vous savez ce que vous avez à faire. (*Les Villageois forment des grouppes*).

S C E N E X.

Les Mêmes, NADASTI, LÉONTINE, IMMA, Chasseurs.

T o u s.

Vive Monseigneur !

(*Les grouppes se réunissent autour du Magnat, un enfant tient au-dessus de sa tête une couronne de lauriers. Les Villageois présentent des bouquets*).

N A D A S T I.

Je vous remercie, braves gens. Ce jour, l'anniversaire de celui où je vins pour la première fois habiter parmi vous, me rappelle sans cesse d'agréables souvenirs...

P A O L O.

Il nous rappelle vos bienfaits, Monseigneur.

T o u s.

Vive notre bienfaiteur !

N A D A S T I.

Que l'on aille actuellement à la recherche du sanglier. Aussitôt que l'on aura cerné son repaire, on viendra m'en avertir. (*à Paolo*). Tu vas placer tes Bucherons sur la lisière du taillis.

P A O L O (*faisant une fausse sortie*).

Oui, Monseigneur.

LÉONTINE.

Paolo ?

PAOLO.

Mademoiselle.

LÉONTINE.

Le lieutenant Auguste demeure chez vous. Vous pouvez m'en donner des nouvelles.

PAOLO.

Oh ! mon Dieu oui, mademoiselle. Il n'y a qu'un instant qu'il était ici avec le capitaine Serini.

NADASTI.

Comme il n'a pas reparu hier au soir au château, Léontine a craint que la chûte qu'il a fait, en arrêtant son cheval, n'eut en des suites fâcheuses qu'il voulût dissimuler.

PAOLO.

Quant à cela, monseigneur, vous pouvez être bien tranquille, il se porte aussi bien que vous et moi ; il prétend même que l'on exagère et le danger qu'il a couru, et le mérite de sa belle action.

LÉONTINE.

(*à part.*) Cher époux !

IMMA.

Te voilà rassurée.

PAOLO.

Si monseigneur n'a plus rien à m'ordonner, je vais aller rejoindre mes bucherons.

NADASTI.

Vas !

PAOLO.

(*à part.*) Allons retrouver le capitaine. (*aux villageois.*) Suivez-moi !

SCENE XI.

NADASTI, LÉONTINE , IMMA.

LÉONTINE.

Oh mon généreux protecteur ! Mon père ! Le ciel aurait-il enfin pris pitié de la malheureuse Léontine. Le moment serait-il arrivé où elle pourra consacrer à un époux adoré ces jours qu'il vient de lui conserver.

NADASTI.

N'en doutez pas ! Comment méconnaître en effet le doigt de la Providence, lorsqu'après tant de recherches infructueuses, le découragement s'emparait de nous, si elle-même conduit ici cet époux tant désiré, c'est qu'elle veut récompenser en vous l'épouse constante et vertueuse; en lui le héros de l'amour filial qui n'avait point hésité de sacrifier sa liberté au repos de sa mère.

LÉONTINE.

Dalheim est en effet tel que son ami Waldbourg me l'avait
dépeint. Mais quand je songe qu'il doit me croire coupable ...
Que je n'ai aucune preuve à lui donner de mon innocence....
Que tout dépose contre moi... Que Waldbourg enfin , qui
seul pouvait me justifier a disparu sans que jamais nous
ayons pu découvrir ses traces.... Alors ce rayon d'espérance disparaît à mes yeux, et je me retrouve plus malheureuse que jamais.

IMMA.

Bonne amie ! ne t'afflige point ainsi... Tu sais combien
tes pleurs me font de mal...

NADASTI.

Imma a raison. Loin de vous laisser abattre par des
craintes peu fondées , c'est au contraire le moment de re-
prendre ce courage , cette énergie qui convient à l'innocence.
Dalheim est sensible et généreux ; il doit croire à la vertu ,
puisqu'il est vertueux lui-même. Et si je l'ai bien jugé , au
défaut d'autres preuves, mon témoignage suffira...

LÉONTINE.

Ce sera donc à vous, monseigneur, que je devrai le bonheur
de ma vie. Comment reconnaître jamais un aussi grand
bienfait.

NADASTI.

Pourquoi, ma chère Léontine, me parler toujours de
votre reconnaissance. Jusqu'ici je n'ai fait pour vous que ce
que l'humanité me prescrivait. Et qui , en effet , n'eût point
été touché de votre affreuse position ! Échappée comme par
miracle des mains de votre lâche séducteur, le ciel voulut ,
qu'au même instant où , à travers l'obscurité de la nuit, il
dirigeait vos pas incertains, vers ce même couvent que
vous avez habité, je m'y rendisse pour en retirer ma fille
Imma. Je vous vis, j'écoutai le récit de vos malheurs ,
pouvait-il ne pas me toucher ! L'intérêt général que vous
inspiriez ; votre éloge qui était dans toutes les bouches ; le
témoignage de vos respectables institutrices et surtout la
tendre amitié qui vous liait avec ma fille ; tout , en un mot,
ne devait-il pas vous assurer ma protection ?

LÉONTINE.

Mes malheurs étaient assez grands sans doute pour in-
téresser toute âme sensible et compâtissante. Mais quel autre
que vous, monseigneur, eût prodigué à une infortunée, qui
vous était étrangère, ces tendres soins, cette consolante
bienveillance , qui seuls pouvaient adoucir l'horreur de ma
situation. En vous déclarant mon protecteur, vous devîntes
mon père ; vous me nommâtes votre fille....

IMMA.

Sûrement tu es sa fille, et cependant voilà déjà deux fois

que tu l'appelles *monseigneur*; c'est alors comme si tu disais: *Imma, je ne veux plus être ta sœur!* et c'est bien mal à toi ! Mon père ! défends lui donc....

NADASTI.

En me nommant votre père, Léontine, j'en avais conçu pour vous tous les sentimens ; mais vous savez aussi que cette précaution était nécessaire pour échapper à vos persécuteurs, d'autant plus dangereux que nous ne les connaissons pas. Il fallait également nous éloigner de Vienne, et ce château de mes ancêtres, que j'avais quitté dans mon enfance, et que je revenais habiter, est devenu pour vous un asyle assuré. Actuellement Léontine permettez-moi de ne plus revenir sur un sujet dont il devrait depuis longtems n'être plus question entre nous. Parlons plutôt du service que j'espère pouvoir bientôt vous rendre. Celui de ramener à vos pieds un époux convaincu de votre innocence. (*Marche du tambour, que l'orchestre accompagne.*) Mais que veut dire ceci !

IMMA (*qui a remonté la scène.*)

C'est un détachement de soldats. Serini est à leur tête. Ils arrivent. Les voici !

<hr>

SCENE XII.

LES MÊMES, SERINI, AUGUSTE, PAOLO, Bucherons, Villageois.

(*Les Soldats, etc., etc., défilent sur le Théâtre, et se rangent ensuite.*)

SERINI.

M^r. le comte, la compagnie que j'ai l'honneur de commander est chargée par le général en chef de prendre poste dans votre château pour veiller à sa défense....

NADASTI.

Je suis charmé, mon cher Serini, que son choix soit tombé sur vous. (*à Léontine.*) Il ne sait pas que c'est moi qui l'ai désigné à son altesse.

IMMA.

Assurément le prince ne pouvait faire un choix qui fut plus agréable à ma sœur et à moi.

NADASTI.

Que dites-vous donc ma fille ?

IMMA.

Ce que tu penses mon père ! Le capitaine est ton favori ; et quant à Monsieur.... tu conviendras que son arrivée dans ces lieux a été un grand bonheur pour Léontine.

AUGUSTE.

C'est plutôt moi, mademoiselle, qui dois rendre grâce à la fortune....

NADASTI.

Vous avez acquis des droits éternels à ma reconnaissance,
à celle de Léontine.

AUGUSTE.

Des droits ! monseigneur.

LÉONTINE.

Eh ! oui, monsieur, vous en avez de bien grands, de
bien sacrés !... (*à part.*) Je vais me trahir !

SERINI.

Il faut convenir, Auguste, que tu es un heureux mortel.
(*à Imma.*) Faites-moi le plaisir, mademoiselle, de courir
bientôt aussi quelque grand danger.

IMMA.

Grand merci. Mais voyez donc la singulière proposition !

PAOLO.

Avec votre permission, monseigneur, M. le capitaine et
moi, nous avons imaginé une façon de petite fête.

SERINI.

Je t'en laisse l'honneur.

PAOLO.

Non pas. Je n'en prendrai que ce qui m'appartient. Monseigneur veut-il nous permettre de commencer.

NADASTI.

Volontiers. Mais voilà une surprise à laquelle j'étais bien
loin de m'attendre. (*Les Bucherons ont apporté des chaises,
des bancs. Tout le monde se place.*)

BALLET

*Qui consiste en danses villageoises, entremêlées d'évolutions
militaires.*

SCÈNE XIII.

.LES MÊMES, Deux Chasseurs.

PAOLO (*s'approchant de Nadasti.*)
Le Sanglier est lancé.

NADASTI (*se lève.*)
(*Aux villageois.*) Mes amis, rassemblez-vous dans les
jardins du château, je ne tarderai pas à venir vous y retrouver. (*à Serini.*) Que vos soldats les accompagnent, et
qu'ils passent avec ces braves gens le reste du jour dans la
joie et les plaisirs.

SERINI (*aux soldats.*)
Vous l'entendez ? en avant marche.) *Les soldats défilent, les Villageois, etc., suivent ; lorsqu'ils ont disparu*).

NADASTI.

Actuellement, partons.....

SERINI.

Vous me permettrez, M. le comte, d'être de la chasse...

NADASTI.

Mais, capitaine, on dit que vous portez malheur.

SERINI.

Insigne calomnie ! C'est Paolo qui me fait cette mauvaise réputation là.

PAOLO.

Moi, capitaine ! Il est vrai que nous sommes encore à voir la première pièce de gibier que vous ayez tuée.... Cependant....

NADASTI.

D'ailleurs, messieurs, vous voilà devenus les chevaliers de ces dames, et il ne serait pas convenable, je pense, de les abandonner seules au milieu d'une forêt, pour courir après un sanglier.

SERINI.

Cette réflexion me ferme la bouche; nous restons....

PAOLO.

Monseigneur, j'aperçois un courier qui longe la forêt... Il arrive à toutes brides. (*Dans la coulisse, en faisant des signes.*) Par ici, camarade.... Il m'a vu.

NADASTI.

Un courier !... Sans doute quelque bonne nouvelle de l'armée....

PAOLO.

Je vais aller l'aider à descendre de cheval. (*Il sort.*)

SCENE XIV.

LES MÊMES, *sans* PAOLO.

SERINI.

Vous allez voir que ce courier sera cause que vous manquerez le sanglier.

NADASTI (*avec gaîté.*)

Au moins ne sera-ce pas vous qui cette fois-ci nous aurez porté malheur.

IMMA (*à Serini, en riant aux éclats.*)

Ce pauvre capitaine !

SERINI.

Oui, riez, mademoiselle, riez... Je voudrais, pour vous punir, que le Sultan Achmet vînt aujourd'hui même en personne mettre le siége devant le château.

NADASTI.

Le Sultan chasser sur mes terres !... Mais songez donc, Serini, qu'il ne nous laisserait plus une seule pièce de gibier à tuer.

SERINI.

C'est égal; cette idée m'électrise. (*à Imma.*) Représentez-vous, mademoiselle, l'armée musulmane ayant cerné la

forteresse de toutes parts.... Il faut tenter une sortie.....
Le tambour donne le signal; le pont-levis se baisse; nous
partons.... Du haut des murs vous nous suivez des yeux...
Le combat s'engage, il est terrible.... Le Musulman est
repoussé.... Nous sommes vainqueurs; mais l'un de nous
d ux a reçu une blessure. (*à Imma.*) Mademoiselle, lequel
voulez-vous qui soit blessé ?

N A D A S T I.

Le plus fort.

S E R I N I.

C'est moi.

I M M A.

Là ! voyez-vous !

S E R I N I.

On me rapporte sur un brancard....

I M M A (*avec émotion.*)

Monsieur, on ne plaisante point ainsi !

L É O N T I N E.

Imma a raison. Le château ne sera point assiégé ; mais la
campagne va se r'ouvrir... On se battra.... Vous y serez,
et il n'est pas généreux de votre part de nous faire ainsi
pressentir les dangers que vous aurez à courir....

I M M A.

Il serait capable de se faire tuer à la première bataille ; il
est si étourdi.

S E R I N I.

Au moins cette étourderie là serait ma dernière.

S C E N E   X V.

LES MÊMES, PAOLO, UN COURIER.

P A O L O (*une lettre à la main.*)

Voici la lettre que m'a remis le courier; il ne précède son
maître que de quelques instans. (*Il remet la lettre.*)

N A D A S T I.

(*Après avoir lu.*) Elle est du général Frohberg : il m'annonce sa visite. (*aux officiers.*) Messieurs, hâtez-vous donc
d'aller rassembler vos soldats, afin de rendre à ce général, à
son entrée au château, les honneurs qui lui sont dus.

S E R I N I.

Ce général aurait bien pu remettre sa visite à demain.
Viens, Auguste. (*Serini et Auguste montent au château;
Paolo emmène le courier.*)

S C E N E   X V I.

NADASTI, LÉONTINE, IMMA, *Suite dans le fond.*

I M M A.

Mon père, connais-tu ce général Frohberg ?

N A D A S T I.

De réputation.... Il jouit d'une grande faveur à la cour de notre monarque.

I M M A.

Tant mieux.

N A D A S T I.

Pourquoi cela?

I M M A.

C'est qu'il faut que tu lui parles.

N A D A S T I.

Et que dois-je lui dire ?

I M M A.

D'empêcher Serini de faire des étourderies à la bataille.

N A D A S T I.

Je m'aperçois que tu prends un bien grand intérêt au capitaine....

I M M A.

Puisque c'est votre favori.... Et d'ailleurs, s'il allait se faire tuer, Auguste serait capable de ne pas vouloir survivre à son ami, et alors....

N A D A S T I.

Oui, tu as raison. Il faut que le général leur défende à tous deux de se faire tuer.

I M M A.

Il faut le prier de mettre ces deux messieurs aux arrêts, dans le château, jusqu'à ce que l'on ne se batte plus.

N A D A S T I.

Encore mieux.... Et je te conseille d'en faire toi-même la proposition au général. Mais il ne tardera sans doute pas à arriver, retournons au château. (*Fausse sortie.*)

SCENE XVII.

LES MÊMES, PAOLO, puis FROHBERG,
et deux Hussards d'ordonnance.

P A O L O.

Voici le Général.

N A D A S T I (*allant au devant de Frohberg*).
Soyez le bien venu, Général.

F R O H B E R G.

Je me suis empressé, M. le Comte, de profiter de l'heureux hasard qui m'amène dans cette contrée, pour venir vous rendre mes devoirs.

L É O N T I N E, (*à part*).
Quel son de voix !

I M M A, (*à Léontine*).
Si tu lui parlais, toi ? (*Elle va et vient pour considérer Frohberg*).

LÉONTINE, (*à part*).

Ciel ! que vois-je ? mon persécuteur !

FROHBERG, (*à part, voyant Léontine*).

C'est elle ! (*à Nadasti*). Ce sont là sans doute Mesdemoi-selles vos filles ? NADASTI.

Oui , Général, ce sont mes enfans.

FROHBERG, (*passant près de Léontine*).

Souffrez que je leur présente mes hommages.

IMMA, (*examinant Frohberg*).

Il a bonne façon.

LÉONTINE, (*à part*).

Dieux ! quel affreux moment ?

FROHBERG, (*à Léontine*).

Mademoiselle..... (*bas*). Rassurez-vous, Madame, ne me trahissez pas, je viens tout réparer.

LÉONTINE.

Serait-il vrai ?

FROHBERG, (*à part*).

Silence.

IMMA.

M. le Général.....

FROHBERG, (*à Nadasti*).

Elles sont charmantes !

IMMA, (*à part*).

Il ne me laisse pas achever ma phrase.

NADASTI, (*présentant la main à Frohberg*).

Venez, Général, et puisse l'accueil que vous allez recevoir, vous être aussi agréable que nous l'est en ce moment votre présence.

LÉONTINE, (*à part*).

Dieu tout-puissant ! protège-moi ! (*elle s'appuye sur Imma.*)

(*Les grouppes se forment, au moment où tout le monde se dispose à regagner le Château ; la toile tombe sur le tableau.*

Fin du Premier Acte.

ACTE II.

Le Théâtre représente une Salle dans le château de Nadasti, qui est ouverte sur les jardins.

SCÈNE PREMIÈRE.

FROHBERG, BIRK.

(*Arrivent par la porte du fond.*)

FROHBERG.

Trève encore une fois de réflexions, ma résolution est prise, elle est irrévocable.....

BIRK.

Et dussé-je encourir tout votre courroux ; je ne cesserai
de vous répéter, que votre présence dans ce Château est
d'une imprudence qui n'a pas d'exemple. Léontine ne
savait pas votre nom ; elle ignorait quel était ce protecteur
mystérieux que son tuteur lui avait présenté. Loin donc
de chercher à la voir, à lui parler, il fallait éviter sa
présence, nous savions le lieu de sa retraite, elle était
sans défiance.....

FROHBERG.

Ton observation serait juste, si mes intentions n'étaient
pas louables ; ce ne fut qu'en la perdant que je sentis
combien Léontine m'était devenue chère. Simple Chevalier
de Malthe, les vœux que j'ai prononcés ne sont pas de
nature à m'interdire le droit de disposer de moi, et en
renonçant aux dignités de mon ordre, rien ne s'oppose à
ce que je contracte un mariage qui satisfait mes désirs. Je
veux donc m'assurer sa possession, en lui offrant aujour-
d'hui même et mon cœur et ma main.

BIRK.

Et si Léontine refuse vos offres ?

FROHBERG.

Impossible !

BIRK.

Vous pourriez vous tromper. La manière dont vous
en avez agi à son égard ne doit pas, je vous en demande
pardon, lui avoir donné une bien haute idée de vos
principes en amour....Dailleurs elle a un époux.

FROHBERG.

Qu'elle ne connaît pas.

BIRK.

Et ce mariage....

FROHBERG.

Sera cassé quand je le voudrai.

BIRK.

Enfin, quoique vous en disiez, il pourrait cependant
très-bien se faire qu'elle eût encore plus d'aversion pour
votre personne, que de goût pour la brillante existence
que vous allez lui promettre ; et si mes craintes se réa-
lisent, si vous éprouvez la honte d'un refus ? quel parti
prendre ? on sera sur ses gardes. Léontine sous la protection du Magnat Nadasti pourra impunément vous
braver. Croyez moi, Général, renoncez à un aussi dangereux projet !   FROHBERG.

Il n'est plus tems ; j'ai vu Léontine, elle m'a reconnu ;
d'jà peut-être le Magnat instruit par elle.....

BIRK.

N'en doutez pas ! et vous pouvez actuellement vous flatter d'avoir fait tout ce qui était en votre pouvoir pour multiplier les obstacles que nous allons avoir à surmonter.

FROHBERG.

Quel entêtement ! sais-tu Birk que tu finiras par lasser ma patience.

BIRK.

Remerciez plutôt la fortune de vous avoir donné un serviteur dont le zèle, l'intelligence, et l'heureuse pénétration savent toujours prévoir les suites de vos fatales imprudences, et trouver moyen de les réparer.

FROHBERG.

Mons Birk !

BIRK.

Oui Général, les réparer. D'après cela je vous déclare d'avance que Léontine, soit qu'elle accepte ou qu'elle rejette vos propositions sera à vous, je vous la promets.

FROHBERG.

Que veux-tu dire ?

BIRK.

Je vous ai déjà parlé d'une certaine auberge assez singulièrement construite, dans les ruines d'un ancien château. Je vous donnai même les détails les plus curieux sur le parti que le propriétaire actuel, vieux coquin de mes amis a su tirer de cet antique manoir de chevaliers errants.

FROHBERG.

Eh bien !

BIRK.

C'est à lui que je dois les renseignemens qui m'ont conduit à la découverte de Léontine ; aussi à peine aviez-vous quitté le camp pour vous rendre en ces lieux, que je me suis empressé de regagner ces ruines précieuses pour achever de tracer, de concert avec l'honnête Philippe, un plan qui n'était encore qu'ébauché.

FROHBERG.

Et ce plan, quel est-il ?

BIRK.

Eh parbleu ! un enlèvement....

FROHBERG.

Enlever Léontine de ce château sous les yeux de son protecteur !

BIRK.

Pourquoi pas ; je vous réponds du succès.

FROHBERG.

Ce projet est digne de toi ; mais j'espère que nous ne serons pas forcés d'avoir recours à des moyens aussi violens. On vient.

BIRK.

C'est le Magnat.

F R O H B E R G.

Il faut absolument que je voye Léontine avant de m'expliquer avec lui.

S C E N E   I I.

L E S   M Ê M E S ,   N A D A S T I.

N A D A S T I.

Pardon, Général! Je vous ai quitté un peu brusquement;
mais j'avais des ordres indispensables à donner.

F R O H B E R G.

Traitez moi, je vous prie, comme un ancien ami : je tâ-
cherai, M. le Comte, de mériter ce titre.

N A D A S T I.

Votre prévenance me flatte; je m'en tiens honoré. Je le
prouverai, en mettant dans mon accueil plus de franchise que
de cérémonie.

B I R K (*à part*).

Je n'en crois rien.

F R O H B E R G.

Je dois, à l'instant même, transmettre par une ordonnance au Général en chef mon rapport sur la situation des
cantonnemens que je viens d'inspecter. Ce devoir ne souffre
plus le moindre retard; mais je m'en serai bientôt acquitté.
Alors, libre de tous soins, je vous prierai, M. le Comte, de
m'accorder, dans mon appartement ou dans le vôtre, un
moment d'entretien particulier : j'ai un service important à
vous demander, et j'ose me flatter d'avance que cette preuve
d'une confiance sans bornes aura près de vous tout le succès
que je dois en attendre.

N A D A S T I.

Croyez que je ferai tous mes efforts pour justifier la bonne
opinion que vous avez de moi.

F R O H B E R G.

Au revoir donc, M. le Comte.

B I R K.

Il n'y a plus à s'en dédire. (*Frohberg et Birk sortent.*)

S C E N E   I I I.

N A D A S T I.

Quelle est cette confidence qu'il prétend me faire ? Je ne
connais ce favori de notre empereur que de réputation;
n'importe, je serai exact au rendez-vous qu'il vient de me
donner, et je ferai tout ce qui dépendra de moi pour l'obli-
ger. Allons, en attendant trouver Léontine. J'ai remarqué
qu'en rentrant dans le château, elle a regagné avec précipitation son appartement, et qu'elle s'y est enfermée avec ma

fille. Cette conduite ne lui est pas naturelle et me donne de l’inquiétude... Mais quelqu’un s’avance à pas précipités... C’est le capitaine Serini. Que vient-il m’apprendre ? (*Il va à sa rencontre.*)

SCENE IV.
NADASTI, SERINI.

SERINI.

Ah ! M. le Comte ! de quelle scène je viens d’être témoin !

NADASTI.

Une scène !

SERINI.

Rassurez-vous. C’était bien le tableau le plus touchant... Représentez-vous une pauvre femme avec un enfant sur les bras, qui se traîne exténuée de fatigue et de faim jusqu’à la porte du château.... Imma sortait de l’appartement de sa sœur : elle l’aperçoit et s’approche. L’infortunée lui conte ses chagrins.... Soudain les beaux yeux d’Imma se mouillent de larmes.... Elle vole à l’office, rapporte elle-même des provisions dans une corbeille. La pauvre femme les reçoit d’une main avide et tremblante. Caché dans un coin, je voyais tout..... Cependant Imma a pris l’enfant dans ses bras, et le fait manger avec cette sage précaution qu’exige l’extrême besoin qu’il avait éprouvé.... Bientôt l’enfant lui sourit et passe ses deux petits bras autour du cou de sa bienfaitrice. J’avais peine à rester en place ; j’aurais voulu me jetter aux pieds d’Imma, comme le fit en cet instant la pauvre femme. Ah ! M. le Comte ! qu’Imma était belle, qu’elle était intéressante ! Elle relève la mère, lui rend son enfant, promène autour d’elle un regard inquiet pour voir si elle avait été observée, et s’éloigne à pas précipités....

NADASTI.

O ma fille, tu ne pouvais célébrer plus dignement la fête de ton père !

SERINI.

Je m’approche.... La pauvre femme bénissait l’ange protecteur que le ciel venait de lui envoyer. Elle tenait encore à la main une pièce d’or, présent d’Imma. Je m’en empare, je l’échange contre un don plus considérable..... Que dis-je ! toute ma fortune ne vaut pas cette seule pièce d’or.... la voici... Je ne la donnerais pas pour un empire, et quand je serai marié....

NADASTI.

Ah ! vous voulez vous marier....

SERINI.

Ton oncle te laissera un jour, avec le titre de Magnat de Hongrie, son immense fortune : de ce côté il n’y a pas

d'objections à te faire. . . . Tu es vif, emporté, quelquefois
mauvaise tête; mais n'as-tu pas là un talisman (*montrant
la pièce d'or*), qui te fera aussitôt rentrer en toi-même ?
Tu es bien jeune encore. . . . Dans notre état il n'y a pas
d'âge, et lorsque l'on a consacré sa vie entière à son souverain, il est bien permis, je pense, de se réserver un jour
pour le bonheur. . . . Voilà ce qu'en vous cherchant je me
disais à moi-même. Actuellement, M. le Comte, j'attends
mon arrêt. . . .

NADASTI (*à part.*)
Je le devine. (*haut*) Votre arrêt !. . . vous voulez dire
mon avis.

SERINI.
Non, non; c'est à vous de prononcer.

NADASTI.
Mais il faudrait pour cela que je connusse l'objet dont
vous avez fait choix; vous ne me l'avez pas nommé.

SERINI.
Comment !

NADASTI.
Je sais que vous voulez vous marier: voilà tout !

SERINI.
Et qui pourrait avoir fait une aussi vive impression sur
mon cœur, si ce n'est Imma ?

NADASTI.
La voici !

SCENE V.
Les mêmes, IMMA.

IMMA.
Ah ! mon père ! je te cherchais. Cette pauvre Léontine !

NADASTI.
Qu'est-il arrivé ?

IMMA.
As-tu vu le Général ? t'aurait-il dit quelque chose ?

NADASTI.
Qu'a de commun, je te prie, ce Général, et ta sœur ?

IMMA.
Oh ! beaucoup. Si tu savais !. . . . Mais j'ai promis de
me taire. . . Elle même veut t'expliquer la cause de ses
chagrins, de ses inquiétudes. . . . . Mon père ! va trouver
Léontine ! SERINI.
Pardon ! j'aurai dû m'appercevoir plutôt que ma présence
ici est une indiscrétion; je me retire.

NADASTI (*retenant Serini*).
Non, restez. . . Ma fille, Serini a quelque chose à te dire,
et je te permets de l'écouter.

I M M A.

Mais mon père.....

N A D A S T I.

Imma, je l'exige.   (*Jeu de scène. Nadasti sort*).

SCÈNE VI.
IMMA, SERINI.

I M M A.

Mon Dieu ! que c'est contrariant !

S E R I N I.

Aurais-je le malheur d'être importun ?

I M M A.

Assurément, Monsieur, vous ne pouviez plus mal choisir
le moment d'avoir quelque chose à me dire. Ma pauvre
Léontine ! que va-t-elle devenir ? quand je songe au danger
qui la menace.

S E R I N I.

Un danger ! Léontine !.. Vous avez raison Mademoiselle,
il ne doit plus être ici question de moi ; je voulais vous dire
que je vous aime, que je vous adore, vous détailler mes projets, mes espérances, mais n'en parlons plus, Mademoiselle ; ne nous occupons que de Léontine.

I M M A.

Oui, Serini, oublions un instant que vous m'aimez, que
que je vous aime ; adieu, je revole vers Léontine.

S E R I N I.

L'ai-je bien entendu. Eh ! quoi chère Imma ! vous parta-
geriez les sentimens que vous m'avez inspirés ? vous consen-
tiriez à devenir mon épouse.

I M M A.

Sans doute : mais de grâce ne m'arrêtez pas plus longtems ;
Léontine souffre, elle est dans les larmes, elle n'a que moi
pour la consoler. Si Auguste, si notre ami était malheureux,
quelque déplaisir que j'éprouvasse à me séparer de vous, je
serais la première à vous dire : allez trouver Auguste, consolez
votre ami, pleurez avec lui.

S E R I N I.

Aimable candeur ! Imma, chaque mot de votre bouche
ajoute à mon ravissement ! Mais vous allez me faire connaître
actuellement le danger qui menace Léontine : je veux réunir
mes efforts aux vôtres, elle ne serait pas votre sœur, qu'un
autre motif bien puissant encore, me ferait un devoir de la
servir, de la protéger : de grâce Imma, parlez.

I M M A.

Je ne puis, j'ai promis de me taire.

S E R I N I.

Eh ! quel est donc cet affreux mystère ?

I M M A.

N'insistez pas, mais je vois Léontine qui tourne ses pas
vers nous ; parlez lui, peut-être vous dira-t-elle elle même...
La voici.

SCÈNE VII.
LES MÊMES, LÉONTINE.

I M M A (*courant au devant de Léontine.*)
Tu as vu mon père ! Eh bien ?

LÉONTINE.
Un mot a suffi pour le mettre au fait. Il se rend chez le
général.

SERINI.
Mademoiselle, j'ignore la cause du changement extraordinaire qui vient de se faire ici en aussi peu d'instans. Si je
désire l'apprendre, croyez que ce n'est point une vaine et
stérile curiosité qui me guide, mais le désir de vous être
utile. Disposez de moi. Ma fortune, mon bras, ma vie,
appartiennent désormais à tout ce qui porte le nom de
Nadasti.

I M M A.
Il a raison.

LÉONTINE.
Pardon, monsieur. Vous me voyez tellement troublée...
Souffrez que tout en vous exprimant combien je suis sensible
à l'intérêt que vous daignez me témoigner, je garde encore
le silence. La cause de mes mortelles allarmes ne saurait
d'ailleurs rester longtems secrète ; alors vous me rendrez
justice. J'ose espérer plus encore. C'est de vous que j'attendrai
le service le plus signalé, celui auquel le bonheur de ma vie
entière est irrévocablement attaché. Jusqu'à ce moment
veuillez aller rejoindre votre ami. Ne le quittez pas, et
surtout ne sortez ni l'un ni l'autre de l'enceinte de ce
château.

I M M A.
Vous l'avez entendu.... Quand je vous le disais.

SERINI.
J'obéis. (*en sortant.*) Allons prévenir Auguste. (*Il sort.*)

SCÈNE VIII.
LÉONTINE, IMMA.

LÉONTINE.
Suis-je assez malheureuse !

I M M A.
Le méchant homme que ce Frohberg !

LÉONTINE.
Mais qu'a-t-il voulu dire par ces mots : *Rassurez-vous,*

je viens tout réparer ! Veut-il me rendre mon époux ! me justifier lui-même à ses yeux. Mais Frohberg ne connaît point Auguste, et s'il le connaissait, un homme de ce caractère, serait-il capable d'une action aussi généreuse ? N'est-ce pas plutôt un nouveau piége qu'il cherche à me tendre ?

I M M A.

Écoute bonne amie. Je crois que tu as eu tort de ne pas mettre Serini dans notre confidence. Il aurait pu nous donner un bon conseil.

L É O N T I N E.

Je ne dois risquer aucune démarche, sans connaître le résultat de la conversation que ton père a en ce moment avec le général.

I M M A.

Je ne sais pas bien quel mal il pourrait encore te faire ?

L É O N T I N E.

Frohberg est à craindre par le crédit dont il jouit. Je ne puis douter qu'il n'ait fait faire des recherches. En arrivant dans ce Château il savait d'avance qu'il m'y trouverait, et je dois présumer qu'il n'a point encore renoncé à ses perfides projets.....

I M M A.

Crois-tu que mon père ne saura pas s'y opposer ?

L É O N T I N E.

Je ne crains pas la force ouverte; mais la ruse, l'artifice. Plus je réfléchis, et plus mes inquiétudes augmentent. Ce n'est pas pour moi seule, c'est pour mon époux, que je tremble....

I M M A.

Mais tu viens de dire toi-même que Frohberg ne connaissait pas Auguste.

L É O N T I N E.

Et qui m'assure qu'un hasard malheureux ne le lui fera pas connaître ? Il verrait en lui un rival qu'il faut perdre : Il en a tous les moyens....

I M M A.

Tu me fais frémir ! Et comment ?

L É O N T I N E.

La campagne va se r'ouvrir. Dans le poste qu'il occupe il lui sera facile d'en multiplier les dangers pour mon époux, de l'envoyer même, sans se compromettre, à une mort certaine...

I M M A.

J'apperçois mon père. Il tourne ses pas de ce côté... Le voici.

SCENE IX.

LES MÊMES, NADASTI.

NADASTI.

Léontine ! J'ai une bien étrange nouvelle à vous apprendre.

LÉONTINE.

Que me veut Frohberg ? Quels sont ses projets ?

NADASTI.

Son amour, irrité par les obstacles, le porte en ce moment à une démarche que j'étais bien loin de prévoir.

LÉONTINE.

Achevez !

NADASTI.

Croiriez-vous que cet homme si fier, si profondément versé dans l'art de dissimuler, se dépouillant devant moi de toute son arrogance, n'a point hésité à me faire l'aveu de ses erreurs, et s'accusant lui-même avec cette franchise qui ne permet plus aucun reproche, il a fini par me déclarer, que pénétré de l'indignité de sa conduite à votre égard, il n'était venu ici que pour la réparer.

LÉONTINE.

Serait-il possible !

NADASTI.

Mais aveuglé par l'orgueil de son rang, Frohberg est bien loin de penser que la réparation qu'il propose est un nouvel outrage qu'il fait à sa victime....

LÉONTINE.

Oh ! qu'il s'éloigne, qu'il m'oublie, et je pourrais encore lui pardonner !

NADASTI.

Vous oublier !... lui ! lorsqu'il veut vous épouser !

LÉONTINE.

Juste ciel ! l'ai-je bien entendu ! Frohberg !...

NADASTI.

Connaissant l'homme auquel j'avais affaire, je sentis la nécessité de dissimuler à mon tour. J'écoutais de sang froid tous les détails de ses moyens de faire promptement casser votre mariage....

LÉONTINE.

Casser mon mariage !

IMMA.

Eh quoi ! mon père, tu as tranquillement écouté tout cela ?

NADASTI,

Oui, et j'en remercie le ciel, puisque Frohberg, trompé sans doute par mon calme apparent et me croyant entièrement disposé en sa faveur, n'hésite pas à me faire une révélation.

LÉONTINE.

Laquelle ?... Je frémis.

NADASTI.

Les jours d'Auguste sont menacés.... Frohberg l'accuse d'un crime....

(31)

LÉONTINE.

Mon époux criminel! c’est impossible.

NADASTI.

Voici ses propres paroles : « Dalheim ne saurait être un
» obstacle à mes vœux. Echappé d’une prison d’état où des
» propos séditieux l’avaient conduit, il a été jugé par con-
» tumace et condamné à être passé par les armes, si jamais
» il osait reparaître....

LÉONTINE.

Dieu !... (*Elle s’appuie sur Imma.*)

NADASTI.

» Il est donc mort civilement; » a-t-il ajouté : « et de-
» vant la loi, Léontine n’a déjà plus d’époux. »

LÉONTINE.

C’en est fait ! et je connais actuellement toute l’étendue
de mon malheur. Ah! M. le Comte ! ne vous occupez plus
de moi. Eh ! que m’importe une vie qui m’est à charge. J’en
ai fait le sacrifice; mais c’est Auguste, c’est mon époux qu’il
faut sauver ! Je vous en supplie, faites qu’il s’éloigne ; qu’il
quitte à l’instant même ce château, cette contrée.

NADASTI.

Reposez-vous sur moi. Auguste, appelé par mon ordre ,
va se rendre ici.... Il faut, sans plus tarder, que vous vous
fassiez reconnaître à lui.

LÉONTINE.

Mais il me croit coupable.

NADASTI.

Je me charge de vous justifier. On vient.... C’est votre
époux... son ami est avec lui.

LÉONTINE.

Mes forces m’abandonnent.

NADASTI (*à Imma.*)

Ma fille , conduisez Léontine dans ce cabinet.

LÉONTINE.

Ciel inexorable ! s’il te faut une victime, frappe; mais
épargne mon époux. (*Elle entre dans le cabinet, conduite
par Imma.*)

SCENE X.

NADASTI, SERINI, AUGUSTE. (*Léontine et Imma
dans le cabinet.*)

AUGUSTE.

Monseigneur, vous m’avez fait appeler.

NADASTI.

Oui, Auguste; j’ai à vous parler.

SERINI.

En accompagnant mon ami, j’obéis aux ordres de Léontine.

N A D A S T I.

Vous avez prévenu mes désirs. Auguste, c'est en présence de votre ami que je vais m'expliquer ; mais que votre franchise réponde à la mienne : me le promettez-vous ?

A U G U S T E.

Tant de bontés pour un inconnu....

N A D A S T I.

Je vous connais plus que vous ne le pensez ; mais le tems presse. Je ne chercherai donc point par de vains détours à amener avec adresse le sujet sur lequel je veux vous entretenir.. J'ai lu dans votre cœur.... Une peine secrète le dévore....

S E R I N I (*à part.*)

Il l'aurait deviné.

N A D A S T I.

Je veux la faire cesser, en vous donnant une épouse digne de toute votre tendresse....

A U G U S T E (*à part.*)

Quelle situation !

N A D A S T I.

Vous ne me répondez pas?

A U G U S T E.

Je n'ai qu'un mot à dire.... Je suis marié.

S E R I N I.

L'étourdi!... N'en croyez rien, M. le Comte.

N A D A S T I.

Comment?

S E R I N I.

Il est bien marié si vous voulez; mais c'est tout comme s'il ne l'était pas.... Je vais vous expliquer cela.

N A D A S T I.

Je sais tout.

A U G U S T E.

Quoi! vous sauriez?...

N A D A S T I.

Oui, Auguste, je connais votre épouse. Vous la croyez coupable; elle est innocente.

A U G U S T E.

Innocente!... Elle!...

S E R I N I.

Vous ne la connaissez pas.

N A D A S T I.

Ecoutez-moi : le tuteur de votre épouse, séduit par l'or et les promesses, consent à sacrifier sa pupille.... Il la retire du couvent, la mène à l'autel, abusé de son inexpérience, de son aveugle confiance jusqu'à lui persuader que l'usage prescrivait de conserver un voile pendant toute la durée de l'auguste cérémonie.

AUGUSTE.

Ruse infernale!...

SERINI.

Eh quoi! lorsque rappelé à Vienne par un ami respectable, Auguste venait venger son honneur outragé, ce ne
fut pas son épouse elle-même qui sollicita son arrestation?

NADASTI.

Cela est faux, je le jure. Cinq jours s'étaient ainsi écou-
lés, lorsqu'un inconnu, échappant à l'œil de ses gardiens,
remit à votre épouse une lettre du baron de Waldbourg.

AUGUSTE.

De Waldbourg!

NADASTI.

Ce fut aux reproches sanglans que lui faisait cet homme
vertueux, qu'elle reconnut l'abîme entrouvert sous ses pas;
qu'elle apprit que son tuteur l'avait vendue; que cet homme
puissant n'était qu'un vil séducteur.

SERINI.

Oh! comble de l'horreur et de la perfidie!

NADASTI.

Waldbourg reçut la justification de votre épouse, ne dou-
tant plus dès lors de son innocence, déplorant la funeste précipitation avec laquelle il vous avait fait partager son
erreur. Le digne ami osa tout risquer pour parvenir jusqu'à
elle. Ils se virent, se parlèrent, et concertèrent ensemble le
plan de son évasion: elle eut lieu, et c'est dans cet asile que
lui a offert l'amitié, que madame de Dalheim attend, avec
cette résignation que le sentiment de l'innocence peut seul
donner, le terme de ses longues souffrances.

AUGUSTE.

En vain je voudrais dissimuler l'impression que ce récit a
faite sur moi. Un témoignage aussi respectable que le vôtre,
Monseigneur... Oui, tout me le prouve, ma femme n'est
pas coupable. (*Léontine et Imma sortent du cabinet.*) je
lui dois toute mon estime, tout mon intérêt.

NADASTI.

Actuellement quel parti allez vous prendre?

AUGUSTE.

Pouvez vous me le demander: celui que l'honneur le devoir m'imposent. Indiquez-moi la retraite de ma malheureuse épouse. NADASTI.

Vous la connaitrez, mais apprenez dabord qu'en ce moment même, sa tranquilité est de nouveau menacée.

AUGUSTE.

Et je ne puis voler à son secours. Ah! Monseigneur! que
je vous doive une reconnaissance éternelle. Accordez chez
vous un asile à cette infortunée; soyez son protecteur, son
père.

N A D A S T I.

Digne jeune homme, je n'attendais pas moins de vous.

S E R I N I.

Non , Monsieur le Comte, vous ne connaissez pas toute la grandeur d'âme de mon ami, toute l'étendue du sacrifice qu'il fait à son devoir. Apprenez qu'au moment où il se dévoue pour une femme qu'il ne connait pas, son cœur appartient à une autre.

N A D A S T I.

Vous vous trompez; (*Il va chercher Léontine*). Auguste, embrassez votre épouse.

A U G U S T E.

Mon épouse !

N A D A S T I.

C'est Léontine.

L É O N T I N E.

Cher époux !

S E R I N I.

Que vois-je !

A U G U S T E.

Est-ce un rêve ? vous Léontine ! vous mon épouse !

L É O N T I N E.

Oui mon ami ; cette femme trop longtems l'objet de vos injustes mépris, c'était votre Léontine.

A U G U S T E.

Léontine ! Mon cœur succombe sous l'excès de sa félicité.

S E R I N I.

Mon ami, tu voulais sacrifier l'amour au devoir, il est bien juste que l'amour soit le prix de ce noble sacrifice.

L É O N T I N E.

Cher époux, pourquoi faut-il que les premiers instants d'une joie si pure soient troublés par d'aussi mortelles alarmes... Frohberg... mon persécuteur.

A U G U S T E.

Frohberg.....

N A D A S T I.

Est l'artisan de tous vos maux. Il n'est plus tems de vous le cacher : c'est lui qui corrompit le tuteur de votre épouse, qui profitant des propos indiscrets que l'indignation vous arrachait, vous fit traîner en prison.

S E R I N I

C'est lui sans doute aussi qui t'en fit ouvrir les portes, pour te perdre plus sûrement.

A U G U S T E.

Le monstre. Ah ! je vais à l'instant.....

S E R I N I.

Arrête , que prétends-tu faire ?

A U G U S T E.

Venger l'innocence, et purger la terre du plus scélérat des hommes.

N A D A S T I

Vous marchez à la mort. Une fois reconnu, Frohberg a le droit de vous faire fusiller sous les murs même du château.

A U G U S T E.

Il est soldat, il doit répondre à l'appel de l'honneur.

L É O N T I N E.

Au nom de notre amour, écoute la voix de la raison, de l'amitié ; songe que ma vie est attachée à la tienne.

A U G U S T E.

Eh bien ! parlez, que faut-il faire ?

N A D A S T I-

Frohberg heureusement ne connaît pas Dalheim. Le lieutenant Auguste est pour lui un être absolument indifférent. Personne ici qui puisse le trahir. Occupons donc Frohberg, cherchons à le distraire ; opposons la ruse à la perfidie... Il va venir.

A U G U S T E.

Jamais je ne pourrai de sang froid soutenir sa présence.

L É O N T I N E.

Mon ami, il le faut.....

N A D A S T I.

Il voudra parler à Léontine, qu'elle se garde de lui enlever toute espérance.

L É O N T I N E.

Qu'exigez vous de moi ?

S E R I N I.

Pensez qu'il y va du salut de votre époux.

I M M A.

Ma bonne amie, je ne te quitterai pas.

N A D A S T I.

Les lois de la guerre lui donnent ici un pouvoir absolu. Le moindre soupçon de sa part aurait des suites affreuses.

L É O N T I N E (à *Auguste*).

Ah ! fuyons.

N A D A S T I.

Ouï, ce soir, à dix heures, lorsque tout sera calme, une voiture et des chevaux vous attendront au pied de la montagne pour vous conduire l'un et l'autre dans un asile impénétrable aux recherches de votre persécuteur ; jusqu'à ce moment..... On vient, c'est Frohberg.

S C È N E XI.

L E S M Ê M E S, F R O H B E R G.

(*Jeu de scène suffisamment indiqué par la situation.*)

F R O H B E R T (à *Nadasti*).

Je viens de parcourir vos jardins. D'honneur cette habitation est charmante ; et je ne m'étonne plus que vous préfériez un séjour aussi délicieux , à celui de la capitale. Ma première visite au château de Nadasti, fera époque dans ma vie : (*en regardant Léontine qui baisse les yeux*) du moins j'ose l'espérer.   NADASTI.

Je ne l'oublierai jamais.

FROHBERG (*à voix basse*).

Avez vous parlé à Léontine ?

NADASTI (*de même*).

Oui, mais ....

FROHBERG.

Chut ! (*à Serini*) à propos , Serini, j'ai vu votre oncle avant mon départ de Vienne : il se plaint que vous le négligez beaucoup.

SERINI.

Ma foi Général, à l'armée un soldat oublie tout, excepté sa maîtresse.

IMMA.

Monsieur , on ne doit oublier personne.

FROHBERG.

Mademoiselle a raison ; dailleurs il est des souvenirs que l'on voudrait envain écarter, il ne s'effacent jamais (*à Léontine*) N'est-il pas vrai, Mademoiselle ?

AUGUSTE (*bas*).

Le scélérat !

LÉONTINE.

(*Maintient de l'œil Auguste prêt à éclater*).

FROHBERG (*remarque Auguste*). (*à Serini*).

Cet officier fait sans doute parti de votre détachement ?

SERINI.

Oui Général.

FROHBERG (*distrait*).

Fort bien. (*bas à Nadasti*) Il faut absolument que je parle à Léontine.

NADASTI (*de même.*)

Le moment n'est pas favorable.

FROHBERG (*de même.*)

Si fait. (*haut.*) Capitaine ! Je n'ai point encore fait l'inspection de votre compagnie. Allez , je vous prie , la rassembler dans la cour du château ....

SERINI.

A l'instant, général. (*Il gagne la porte et s'arrête.*)

AUGUSTE (*à part.*)

C'est un prétexte. Je reste.

FROHBERG (*à Auguste.*)

Vous ne suivez pas votre capitaine ?

AUGUSTE (*qui cherche à se contenir.*)

Général !

F R O H B E R G.

Allez donc....

S E R I N I. (*est revenu sur ses pas. Il prend Auguste par*
la main et l'entraîne.)

(*bas*). Tu vas te perdre !

(*Nadasti fait signe à Auguste d'obéir. Léontine lui jette*
un regard suppliant, Auguste sort ainsi qu'Imma.)

L É O N T I N E (*à part*)

Je respire ! (*Elle fait une fausse. sortie*)

SCENE XII.

LÉONTINE, FROHBERG, NADASTI.

F R O H B E R G.

Souffrez, madame, qu'en présence de votre respectable
protecteur, je fasse enfin éclater mon repentir, et que j'implore de vous un généreux pardon.

L É O N T I N E.

Monsieur....

F R O H B E R G.

Ah, Léontine ! si je n'ai point eu le courage de sacrifier
mon ambition aux sentimens que vous m'aviez inspirés,
croyez que mes regrets vous ont bien vengée. Oubliez le
passé. Je voudrais au prix de tout mon sang l'effacer de
votre mémoire : acceptez avec un cœur qui vous adore,
l'offre d'une main....

L É O N T I N E.

Vous oubliez que je suis mariée, et que mon époux....

F R O H B E R G.

On doit vous avoir instruite du sort qui l'attend. S'il re-
paraît, il a cessé de vivre.

L É O N T I N E.

Non, non ! Dites plutôt qu'il trouvera en vous un appui,
un défenseur. Vous seul avez causé ses malheurs, vous
devez les réparer.

F R O H B E R G.

Qu'entends-je ! est-ce bien vous Léontine....

N A D A S T I.

Vous n'ignorez pas, général, qu'une jeune personne
élevée dans la solitude du cloître ne voit pas les choses de ce
monde du même œil que nous, mais cela viendra. Léontine
n'oubliera pas les conseils qu'à l'instant même je viens de lui
donner.

F R O H B E R G.

Oui Léontine, suivez d'aussi sages conseils ; bannissez
ces vains scrupules. Et quel intérêt si vif pourriez-vous
prendre à cet époux d'un jour, d'un moment, et que vous
ne reverrez jamais.

LÉONTINE (*à part.*)

Que je souffre !

NADASTI.

Général ! Je dois vous faire observer que Léontine, trop vivement émue de votre subite apparition dans ce Château, l'esprit encore frappé des événemens qui l'y ont conduite elle-même, ne saurait aussi promptement voir dans l'homme qu'elle regardait jusqu'ici comme son plus cruel persécuteur, un ami, un époux Instruite actuellement de vos véritables sentimens, de ce qu'elle a à craindre, à espérer; il ne faut que lui laisser le tems de la réflexion, qu'elle se pénêtre bien de sa situation, et du motif qui me guide en lui tenant ce langage, et je suis persuadé d'avance qu'elle n'hésitera pas à prendre le seul parti digne de vous, et d'elle.

FROHBERG.

Serait il vrai Léontine ?

LÉONTINE.

Vous le voyez vous-même, monsieur, je ne suis point en état de vous répondre comme je le voudrais.... Je ne me sens pas même la force de soutenir plus longtems une conversation à laquelle je n'étais pas préparée. Dans un autre moment peut-être....

FROHBERG.

Vous le voulez Léontine. Je n'insisterai pas d'avantage. Vos moindres desirs seront désormais des ordres pour moi.

LÉONTINE.

Permettez-donc que je me retire.

NADASTI.

Je vais la reconduire dans son appartement.

FROHBERG.

M. le Comte ! Je sens vivement tout ce que vous faites pour moi. NADASTI.

Croyez, général, qu'il ne dépendra pas de moi que Léontine ne soit aussi heureuse qu'elle mérite de l'être.

FROHBERG.

Je m'en repose entièrement sur vous.

(*Nadasti, Léontine, sortent.*)

SCENE XIII.
FROHBERG (*seul.*)

Oui ! le Comte a raison. Ne précipitons rien : laissons à Léontine le stérile plaisir de sacrifier quelques instans aux convenances. Et lorsqu'elle est déjà décidée à partager avec moi tout ce que la fortune et les grandeurs peuvent répandre de charmes sur la vie, feignons de croire qu'elle balance encore. Ce coquin de Birk, avec ces sottes appréhensions, m'avait presque fait renoncer à mon projet. Il sera bien étonné d'apprendre.... justement le voici :

SCENE XIV.

FROHBERG, BIRK (*arrive avec précipitation.*)

BIRK.

Général! qu'elle nouvelle j'ai à vous annoncer !

FROHBERG.

Peut-elle être plus intéressante que celle de mon bonheur.
Je viens de parler à Léontine.

BIRK.

Et moi....

FROHBERG.

Elle consent à me donner sa main.

BIRK.

On vous abuse.

FROHBERG.

Impossible. Je te dis que je viens de voir Léontine.

BIRK.

Et moi, son époux.

FROHBERG.

Que dis-tu ?

BIRK

Ce jeune lieutenant que l'on nomme Auguste.

FROHBERG.

Serait Dalheim ?

BIRK.

Lui-même. Il arrivait à la tête de sa compagnie, dans la
cour, au moment où je la traversais : il ne m'a pas remarqué ; mais je l'ai reconnu aussitôt.

FROHBERG.

Les traîtres ! ils me trompaient.

BIRK.

Quand je vous le disais.

FROHBERG.

Ils se jouaient de ma crédulité.

BIRK.

En doutez-vous encore ?

FROHBERG.

Mais je serai vengé.

SCENE XV.

LES MÊMES, UN SOLDAT.

FROHBERG.

Que voulez-vous ?

LE SOLDAT.

Vous annoncer, général, que la garnison est sous les
armes, et attend vos ordres.

F R O H B E R G.

Que l'on se saisisse du lieutenant, et qu'on me l'amène
ici.... à l'instant même.... allez.   (*le Soldat sort.*)

S C E N E X V I.
F R O H B E R G, B I R K.

F R O H B E R G.

C'est au moment où, tout entier à mon amour pour elle,
je renonçais aux soins de mon ambition, où je lui sacrifiais le
plus brillant avenir, que cette femme perfide abusait ainsi
de ma confiance. Il périra cet indigne rival. C'est dans son
sang que je veux laver mon injure.

B I R K.

Général ! voulez-vous m'écouter ?

F R O H B E R G.

Et que pourrais-tu m'apprendre encore ?

B I R K.

Tandis que vous vous livrerez au doux plaisir de la vengeance, je veux m'occuper d'une affaire non moins impor-
tante.... De vos amours.

F R O H B E R G.

Birk ! cette raillerie est déplacée...

B I R K.

Je parle très-sérieusement. Apprenez que ce n'est pas
sans dessein que je suis si promptement retourné à l'Auberge
des Ruines. Je prévoyais ce qui arrive en ce moment, et j'ai
choisi des gens qui me seconderont merveilleusement dans
le coup de main que je médite.

F R O H B E R G.

Et que peux-tu espérer encore ?

B I R K.

De remettre cette nuit même Léontine dans vos bras.
Ce n'est pas le moment de vous donner des détails. Je retourne à l'instant faire mes dernières dispositions. Y con-
sentez-vous ?

F R O H B E R G.

Pars. Je te laisse toute liberté d'agir ; et compte sur ma
reconnaissance.

B I R K.

Après avoir fait arrêter Auguste, vous quitterez ce Château et feignant de vous rendre au camp, vous gagnerez
secrètement l'Auberge des ruines... on vient... c'est
Dalheim.

F R O H B E R G.

Amour ! vengeance ! divinités de mon cœur, vous serez
donc satisfaites. (*à Birk qui veut sortir.*) Un moment.
Entre dans ce cabinet. (*Birk entre dans le cabinet.*)

B I R K.

Mais, songez donc....

F R O H B E R G.

Entre, te dis-je.

SCENE XVII.

FROHBERG, AUGUSTE, SOLDATS, BIRK (*dans le cabinet*).

F R O H B E R G (*le regarde. Un moment de silence*).
Votre nom ?

A U G U S T E.

Auguste.

F R O H B E R G.

Celui de votre famille.

A U G U S T E.

Né dans l'obscurité....

F R O H B E R G.

Répondez.

A U G U S T E.

Mon nom de famille est.....

F R O H B E R G.

Dalheim !

A U G U S T E (*fait un mouvement.*)

F R O H B E R G.

Oseriez-vous le nier ? (*il ouvre le cabinet, Birk paraît*).
Connaissez-vous cet homme ?

A U G U S T E (*à part.*)

Je suis perdu !

F R O H B E R G.

Le connaissez-vous ?

A U G U S T E.

Vil scélérat !

B I R K.

Il m'a reconnu.

A U G U S T E.

C'est donc toi qui abusant des plus nobles sentimens de
la nature, m'a conduit dans l'abîme où je me vois plongé.

B I R K.

Ce n'est pas moi. C'est vous-même. La manière avec
laquelle vous acceptâtes mes offres, me fit croire que vous
m'aviez deviné... A U G U S T E.

Pour te deviner, il eût fallu te ressembler.

F R O H B E R G.

Vous êtes Dalheim. L'identité est prouvée. Vous allez
subir votre jugement.

A U G U S T E.

Il est injuste !

6

F R O H B E R G.

Le crime est avéré, et les tribunaux ont prononcé. Je vais vous faire conduire au camp.

A U G U S T E.

Hommes vils et atroces ! avant de vous connaître l'un et l'autre, j'ignorais jusqu'où pouvait aller la perversité humaine.... Il vous tarde de voir couler mon sang, pour exécuter vos infâmes projets ; mais ne l'espérez pas... Ma mort est un crime inutile que vous ajouterez vainement à tous ceux dont vous vous êtes déjà souillés.

B I R K.

Général, ma présence, je le vois, n'est plus nécessaire ici ; je pars.

F R O H B E R G.

Va. (*Birk sort au moment où Nadasti etc. arrivent.*)

S C E N E   X V I I I.

Les mêmes, NADASTI, LÉONTINE, IMMA, SERINI, Soldats, Villageois, etc.

N A D A S T I.

Général ! que viens-je d'apprendre ?... On dit que vous avez fait arrêter un officier....

F R O H B E R G (*montrant Auguste.*)

Dites un criminel, échappé d'une prison d'état.

(*Léontine jette un cri perçant et se précipite dans les bras d'Auguste.*)

F R O H B E R G (*à Serini.*)

Capitaine, saisissez-vous du coupable.

L É O N T I N E.

O le plus lâche, le plus fourbe des hommes ! qui sait mieux que toi si mon époux fut coupable...

S E R I N I (*à Auguste.*)

Remettez-moi votre épée.

I M M A.

Quoi ! c'est vous, Serini !

S E R I N I.

J'obéis à mon général.... (*à part*) pour sauver mon ami.

N A D A S T I.

Général, le sort de ces infortunés est entre vos mains ; soyez généreux.

F R O H B E R G.

Je ne connais que mon devoir.... Qu'on l'entraîne....

N A D A S T I.

Vous êtes un monstre !

L É O N T I N E.

C'en est donc fait !... plus d'espoir !.. (*Elle s'évanouit dans les bras de son époux.*)

AUGUSTE (*remettant Léontine à Nadasti.*)
Soyez son protecteur.
NADASTI (*avec indignation.*)
Je serai son vengeur.
(*Frohberg a donné le signal. Serini emmène Auguste.*
Léontine est évanouie dans les bras de Nadasti et d'Imma.
La toile tombe sur le tableau.)

Fin du second acte.

ACTE III.

Le vestibule d'un vieux château transformé en salle d'au-
berge. La porte du fond entre quatre colonnes qui soutiennent
une galerie ; une petite porte ouverte à chaque extrémité de
cette galerie. Dans la porte cochère du fond un petit guichet
qui sert habituellement. Sur la gauche, un escalier qui con-
duit sur un perron dont la porte donne dans un corridor où
se trouvent les chambres de l'auberge, et s'élève ensuite jus-
qu'à la galerie qui occupe tout le fond de la scène ; sur la
droite, deux portes. Toute cette décoration doit porter les
vestiges de l'entrée d'un superbe château gothique, trans-
formé en auberge.

SCENE PREMIERE.
PHILIPPE MARIANNE.

PHILIPPE (*arrive par la porte du fond.*)
Le sort en est jeté.... Birk a emmené avec lui trois
braves qui ne le laisseront point en chemin ; mais c'est
principalement sur Ludolf que je compte. Ce garçon là
connaît son métier à fond.... il ira loin.... Marianne !
Marianne !
MARIANNE (*arrive.*)
Plait-il, mon parrain.
PHILIPPE.
Il faut allumer.
(*Marianne prend un flambeau sur la table, et sort.*)
PHILIPPE.
L'entreprise est hardie.... Si la mèche était éventée,
le Magnat ne plaisante pas.... Dans tous les cas, j'ai
donné à Ludolf mes instructions particulières, et je ne
serais pas compromis.
(*Marianne revient avec le flambeau allumé, le pose sur la*
table, et en allume un second.)
PHILIPPE.
Tu soupires ?
MARIANNE.
Voilà cinq jours qu'il n'est venu....

PHILIPPE.

Qui ?

MARIANNE.

Mon mari ; et cependant il n'y a qu'une petite demi-lieue d'ici au camp.

PHILIPPE.

Aussi tu as voulu épouser....

MARIANNE.

Feldmann est un brave militaire ; son capitaine, le jeune Serini, le protège et lui a promis de l'avancement.

PHILIPPE.

Et avec toutes ces belles espérances, te voilà en attendant servante d'auberge....

MARIANNE.

Ce que vous dites là n'est guère obligeant ; d'ailleurs, pour servir son parrain, on n'est pas pour cela une servante.

PHILIPPE.

La belle distinction !

MARIANNE.

Et puis vous savez que, Dieu merci, nous avons de quoi vivre, et que si je suis venue de si loin chez vous, c'est uniquement pour être plus près de mon mari.

PHILIPPE.

Allons, ne te fâche pas ; ce que j'en dis n'est pas pour te faire de la peine. Sans cette fureur de se marier avec des soldats, Marguerite serait encore ici.... c'etait une brave fille. Mais j'espère bientôt la remplacer, et alors tu seras libre de t'en retourner chez ta mère.

MARIANNE.

Vingt lieues, c'est bien loin.... Dieu sait quand je reverrai alors mon pauvre Feldmann !...

PHILIPPE.

De sorte que ce n'est que Feldmann qui te retient chez moi ?

MARIANNE.

Eh parbleu ! vous le savez bien.... Mais à propos, il s'est passé de belles choses au château de Nadasti.

PHILIPPE.

Je le crois bien ; c'était aujourd'hui la fête.

MARIANNE.

Une belle fête, ma foi ! Je viens de voir Baltazar qui en arrivait : à son départ, tout y était sens dessus dessous. Un général y est venu tout exprès pour arrêter un officier et le faire conduire au camp, où il doit, disait-on, être passé par les armes.

PHILIPPE.

Bah ! (*à part.*) Elle croit me l'apprendre.

MARIANNE.

Mais ne voilà-t-il pas que cet officier se trouve être l'é-
poux secret d'une des filles du Magnat.

PHILIPPE.

Que dis-tu ?

MARIANNE.

C'est comme cela. Nadasti a fait l'impossible pour sauver
ce pauvre jeune homme : le Général à été inexorable. On
ne sait pas encore ce que tout cela deviendra.

PHILIPPE (*à part*).

Je le sais bien, moi.   (*On frappe.*)

MARIANNE.

On frappe ; si c'était Feldmann ? (*elle court ouvrir*) ce
n'est pas lui.   PHILIPPE.

N'importe, ouvre.

SCENE II.
LES MEMES, FROHBERG.

FROHBERG.

Bonsoir : où est le maître de la maison ?

PHILIPPE,

C'est moi, que voulez-vous ?

FROHBERG (*bas*).

J'ai à te parler.

PHILIPPE.

Hein !

FROHBERG (*bas*).

De la part de Birk.

PHILIPPE (*ôte son bonnet*).

C'est vous mon Général ! à pied ?

FROHBERG.

J'ai laissé mon cheval dans les ruines:

PHILIPPE.

C'est bien ! (*à Marianne*). Marianne, va préparer là
haut la chambre, tu sais ?

MARIANNE (*allume un flambeau en regardant Frohberg*).

PHILIPPE,

Iras-tu ?

MARIANNE (*à part*).

La figure de cet homme ne me revient pas du tout.
(*Elle monte l'escalier et sort*).

SCENE III.
FROHBERG, PHILIPPE.

PHILIPPE.

Birk m'avait prévenu de votre arrivée.

FROHBERG.

Je croyais encore le trouver ici.

PHILIPPE.

Il y a plus d'une heure qu'il est parti avec mes gens : moi même je les ai accompagnés une partie du chemin.

FROHBERG.

Mais je devrais les avoir rencontrés.

PHILIPPE.

Pas possible. Vous aurez sans doute suivi le sentier : nous avons pris par le ravin, c'est le chemin le plus long et le plus difficile, mais il fallait éviter la grande route; la voiture et les chevaux qu'ils emmenaient avec eux auraient pu donner des soupçons. On ne saurait user de trop de précautions.

FROHBERG.

Je ne suis pas sans inquiétude.

PHILIPPE.

Je n'en ai aucune.

SCENE IV.

LES MEMES. (*Marianne sur l'escalier*).

FROHBERG.

Aussitôt que Birk aura emmené ici la jeune personne qu'il va enlever, il faudra la faire descendre dans les souterrains.

MARIANNE (*à part*).

Qu'entends-je !

PHILIPPE.

Sans doute mon Général.

MARIANNE (*à part*).

Général.....

FROHBERG.

Ce n'est que contre les premières recherches qu'il faut nous précautionner.

PHILIPPE.

Soyez tranquille : Birk peut vous avoir dit que ceux qui entrent chez moi, n'en sortent que lorsque je le veux bien.

FROHBERG.

Quant à Dalheim, j'en serai bientôt débarrassé, le capitaine Serini le conduit en ce moment au camp.

MARIANNE (*à part*).

Serini.

FROHBERG.

Dans peu d'heures il n'existera plus.

PHILIPPE.

Je connais ce jeune officier.

FROHBERG.

Comment cela ?

PHILIPPE.

Il n'y a que deux jours qu'il a passé par ici pour se rendre
au château de Nadasti.

FROHBERG (*bas*).

Chut ! on nous écoute.

PHILIPPE (*à Marianne*).

Que fais-tu là ?

MARIANNE.

Je viens dire à Monsieur que tout est prêt, et qu'il peut
monter dans sa chambre quand il voudra.

PHILIPPE (*bas*).

On ne saurait ici causer à son aise : montons.

(*Ils montent l'escalier*)

PHILIPPE (*en prenant la lampe des mains de Marianne*).

Je n'aime pas les curieuses.

MARIANNE.

Je ne sais ce que vous voulez dire.

PHILIPPE.

Suffit. (*Frohberg et Philippe sortent*).

SCENE IV.

MARIANNE (*seule*)

Que viens-je d'entendre ! une jeune personne que l'on
veut enlever ; un Officier que l'on conduit au camp, serait-ce le même que l'on a fait arrêter au château de
Nadasti. Philippe a nommé cet étranger, Général. Ils ont
proféré le nom de Serini, le Capitaine, le protecteur
de mon mari, il y a là-dessous, un complot abomi-
nable, et ces deux scélérats s'entendent. ah ! si ma mère
savait que mon parrain, qui passait chez nous pour un
honnête homme, n'est qu'un coquin, qu'elle serait son
inquiétude ! Je ne suis pas trop rassurée non plus, il me
tarde bien de revoir Feldmann, et de le mettre au fait,
car ce n'est que depuis notre dernière entrevue que j'ai fait
toutes ces belles découvertes... on vient.

SCENE V.

MARIANNE, SERINI, AUGUSTE.

MARIANNE (*à part*).

C'est l'uniforme de Feldmann. (*haut*) Messieurs....

SERINI.

Ah ! vous avez l'air d'une brave femme. Nous venons mon
ami et moi vous demander l'hospitalité : ne nous refusez
pas je vous en conjure.

M A R I A N N E (*à part*).

Quel soupçon. (*haut*) Connaissez vous le Brigadier Feldmann ?

S E R I N I.

Il est de ma compagnie : pourquoi cette question ?

M A R I A N N E.

Vous êtes le Capitaine Serini , chargé de conduire au camp un jeune officier ?

A U G U S T E.

Nous sommes trahis.

M A R I A N N E.

Rassurez vous et rendez grâce au ciel qui vous protège : si vous arriviez un instant plutôt , vous étiez perdu sans ressource.

S E R I N I.

Que voulez vous dire ? expliquez vous.

M A R I A N N E.

Apprenez que le maître de cette auberge est un scéléra t. Je ne suis ici que depuis très-peu de tems, mais j'en ai vû assez pour être certaine qu'un honnête homme n'est point en sûreté chez lui.

S E R I N I.

Lui faut-il de l'or ? voici ma bourse.

M A R I A N N E.

Il est déjà gagné pour donner les mains à un complot qui je crois vous concerne.

A U G U S T E.

Je vous en prie, brave femme , parlez nous plus clairement.

M A R I A N N E (*à Auguste*).

Répondez moi : n'êtes vous pas le jeune officier arrêté au château de Nadasti.

A U G U S T E.

Eh bien !

M A R I A N N E.

Sachez donc qu'un étranger qui ne vous a précédé ici que de quelques instants , vient d'avoir avec l'Aubergiste une conversation à votre sujet.

S E R I N I.

Un étranger ?

M A R I A N N E.

L'Aubergiste le nommait Général.

A U G U S T E.

Serait-ce Frohberg ?

M A R I A N N E.

Ils se sont trop tôt apperçus que je les écoutais, mais j'ai cependant parfaitement compris qu'il était question d'une jeune personne que l'on devait enlever et conduire ici. Ils

ont ensuite parlé d'un officier dont on allait être *débarrassé.*
L'Aubergiste a observé qu'il le connaissait, parcequ'il s'é-
tait arrêté chez lui il y a deux jours, en se rendant au château de Nadasti.

A U G U S T E.

C'est moi : quel affreux mystère !

S E R I N I.

Je le pénètre. Cette jeune personne que l'on veut enlever,
n'est autre que Léontine.

A U G U S T E.

Grand Dieu !

S E R I N I.

Les scélérats auraient voulu profiter du trouble que ton
arrestation a occasionné au château. Et c'est ici que Frohberg veut attendre sa victime : il faut nous en assurer.

M A R I A N N E.

De la pièce voisine de celle où il est en ce moment avec
l'Aubergiste, on pourrait peut-être... attendez. (*elle
monte rapidement l'escalier*). Si vous entendez le moindre
bruit, eutrez dans ce cabinet. (*Elle sort.*)

S C E N E V I.

S E R I N I , A U G U S T E.

A U G U S T E.

Ah ! mon ami ! qu'as-tu fait?

S E R I N I.

Ce que l'amitié, l'humanité, la justice me commandent.

A U G U S T E.

Tu te perds.

S E R I N I.

Je te sauve.

A U G U S T E.

Je n'aurais pas du avoir la faiblesse impardonnable de
me rendre à tes desirs.

S E R I N I.

Crois-tu que quelque chose au monde eût pu m'empêcher de t'arracher des mains de tes assassins? va, lorsque
j'affectais ce calme, cette assurance, au moment où Frohberg te fit arrêter, c'est que mon plan était déjà formé. Il
sera conduit au camp, me suis-je dit ; je l'accompagnerai.
Mes soldats m'obéissent aveuglément.... Arrivé à une

certaine distance du château, je leur ordonnerai de nous
devancer, et, nous perdant aussitôt dans l'épaisseur de la
forêt.... Enfin ce que j'avais prévu est arrivé, et ta vie
est en sûreté.

SCENE VII.

LES MÊMES, MARIANNE.

MARIANNE (*au haut de l'escalier, fait signe à Serini de
monter.*)
Chut !... venez....

SERINI.
Reste là !

AUGUSTE (*veut l'arrêter.*)
Vas-tu t'exposer ?

SERINI (*se dégage.*)
Laisse-moi....
(*Serini va rejoindre Marianne. Ils sortent.*)

SCENE VIII.

AUGUSTE (*seul.*)

Et je souffrirais que Serini fût la victime de son noble
dévouement !... non. Si j'ai pu céder à un premier mouvement, à présent que j'envisage de sang-froid sa position
et la mienne, je sens que c'est a moi-seul à me sacrifier...
Qu'il retourne au camp ; que par sa présence il se disculpe
du soupçon d'avoir favorisé ma fuite.

SCENE IX.

AUGUSTE, SERINI, MARIANNE.

SERINI (*sur l'escalier.*)
C'est lui ; c'est Frohberg....

AUGUSTE.
Frohberg !... Ah ! je n'en doute plus, c'est mon épouse
que le scélérat veut faire enlever. (*Il fait quelques pas
pour monter.*)

MARIANNE.
Arrêtez !... qu'allez-vous faire ?... Apprenez que ces
ruines qui vous semblent désertes, recèlent une troupe de
vagabonds, déserteurs des deux armées, toujours prêts à

paraître au premier signal de l'hôte qui est leur chef. Voici bientôt l'heure où ils ont coutume de se réunir dans une grande salle attenante à celle-ci ; encore une fois , fuyez... Dans quelques instans , peut-être, il serait trop tard. J'en tends venir.... si c'était déjà eux.... Au nom du ciel , dérobez-vous à leurs regards. (*Elle fait entrer Serini et Auguste dans le cabinet à droite.*)

SCENE X.

MARIANNE (*s'assied près de la table sur laquelle est une lumière. Deux des gens de Philippe arrivent , regardent de tous côtés , donnent la main à Marianne , et allument leurs pipes ;*

Vous rentrez de bonne heure ? êtes-vous tous de retour ? ah! ah! vous ne sortez plus ? (*Ils répondent à toutes ces sortes de questions par gestes , et se retirent par la porte à droite.*)

SCENE XI.
MARIANNE, SERINI, AUGUSTE.

MARIANNE (*ouvre la porte du cabinet.*)

Le retour de ces deux coquins m'apprend que leurs camarades, postés à l'extérieur, gardent toutes les issues ; impossible actuellement de sortir d'ici , sans être arrêté.

AUGUSTE.

Savoir mon ennemi si près de nous , et ne pouvoir l'atteindre.... ô rage !

SERINI.

Mon ami , ne nous occupons que des moyens de t'arracher de ces lieux.

MARIANNE.

Il me vient une idée : mon mari est déjà plusieurs fois venu me voir. Les gens de Philippe l'ont vu ; vous portez le même uniforme ; l'obscurité nous protège... Suivez-moi , je vais vous conduire, à travers les ruines, vers le sentier de la montagne....

AUGUSTE.

Oui, mon ami, cette idée est excellente ; pars, pars à l'instant même.

SERINI.

Mais si l'un de nous deux est Feldmann, l'autre ne pourrait-il pas passer pour son camarade ?

MARIANNE.

Non, la surveillance est trop sévère; je ne puis faire évader que l'un de vous deux.

SERINI.

En ce cas-là, je reste.

AUGUSTE.

Veux-tu me réduire au désespoir? songe donc combien ma position est différente de la tienne.... Si mes jours seuls étaient menacés, je braverais tous les dangers; mais c'est ma Léontine que les scélérats veulent me ravir.... Et qui me dit que leur affreux projet ne réussira pas? A chaque moment, mon épouse peut arriver dans ce repaire de brigands, et je pourrais fuir, l'abandonner!... Jamais.

MARIANNE.

Au nom du ciel, décidez-vous.....

SERINI.

Eh bien donc! je pars. Je me rends au camp; je ramène avec moi un nombre suffisant de mes fidèles Hongrois, tous vassaux de mon oncle, et toujours prêts à me suivre.

AUGUSTE.

Pars....

MARIANNE (*à Auguste.*)

Rentrez dans ce cabinet; quittez votre uniforme; vous trouverez, dans une armoire, un habillement complet de Valaque que l'aubergiste rapporta dernièrement du camp, je ne sais pour quel usage.

PHILIPPE (*derrière la scène.*)

Marianne !

MARIANNE,

C'est la voix de l'aubergiste, il n'y a plus un moment à perdre.

SERINI.

Adieu. (*Serini et Auguste s'embrassent. Marianne entraîne Serini. Auguste rentre dans le cabinet.*)

SCENE XII.

PHILIPPE (*regarde de tous côtés.*)

C'est singulier, j'avais cru entendre la voix de Marianne. (*il descend.*) D'après tout ce que je viens d'apprendre, l'aventure promet.... Le Général paiera bien, et son crédit saura nous protéger en cas d'accident.... De pareilles occasions sont rares ; il faut en profiter.... Mes gens doivent actuellement être rentrés et rendus à leurs postes.... Allons cependant nous en assurer.

SCENE XIII.

PHILIPPE, FROHBERG.

F R O H B E R G (*descend l'escalier.*)

Point encore de nouvelles ?

P H I L I P P E.

Non.

F R O H B E R G.

Ce retard est bien extraordinaire.

P H I L I P P E.

Mais à peine fait-il nuit.

F R O H B E R G.

Lorsque je calcule toutes les chances du hasard.....

P H I L I P P E.

Un habile homme ne connait pas cela.

F R O H B E R G.

Ils ont une voiture, des chevaux, ils peuvent s'éloigner avec rapidité, mais l'on ne tardera pas à s'appercevoir de cet enlèvement dans le château, on se mettra à leur poursuite. Les nombreux vassaux du Magnat seront à l'intant sur pied, on parcourra toute la contrée; ces ruines même seront visitées.

P H I L I P P E.

Que Birk seulement arrive, et je réponds du reste.

F R O H B E R G.

On descendra dans les souterrains.

P H I L I P P E.

Allons, je vois qu'il faut vous rassurer. La seule entrée des souterrains est ici ; puisque vous le savez, il vous sera sans doute facile maintenant de la découvrir.

F R O H B E R G (*parcourt la scène, et visite avec la plus grande attention*)

P H I L I P P E (*riant*).

Allez, ne vous donnez pas une peine inutile : approchez. (*Il détache une brique dans le mur du perron de l'escalier, y introduit une clef, il fait tomber une trappe recouverte de briques à l'extérieur*). Eh bien ! maintenant suivez moi.

(*Ils descendent dans le souterrain. Philippe tire la trappe à lui*).

SCENE XIV.

MARIANNE, AUGUSTE.

MARIANNE.

Personne ! (*elle court à la porte du cabinet et frappe*)
C'est moi, ouvrez.

AUGUSTE (*déguisé en Valaque, sort du cabinet.*)

MARIANNE.

Ah !

AUGUSTE.

J'ai suivi ton conseil. Mon ami est-il en sûreté ?

MARIANNE.

Tout a mieux réussi que je ne l'espérais. En traversant
les ruines, nous y avons trouvé un cheval tout sellé.

AUGUSTE.

Sans doute celui de Frohberg.

MARIANNE.

Le Capitaine s'en est emparé ; il est parti à toute bride.

AUGUSTE.

Il est parti, je respire !

MARIANNE.

Je l'ai prévenu qu'il trouverait à son retour la petite
porte du jardin ouverte ; à côté est un escalier qui conduit
à cette galerie, par laquelle il pourra s'introduire... mais
chut ! j'entends parler. (*elle s'approche du perron et écoute*)
C'est dans les souterrains..., la voix s'approche, que veut
dire ceci ! rentrez.

AUGUSTE.

Laissez moi. (*Il veut approcher*).

MARIANNE (*le repoussant dans le cabinet*)

Au nom du ciel rentrez. (*Auguste sort ; Marianne se
glisse, monte avec la précaution de ne pas se montrer*)
Observons.

SCENE XV.

PHILIPPE, FROHBERG, MARIANNE (*cachée*)

PHILIPPE (*il entrouve la trappe avec précaution.*)

Il n'y a personne.

M A R I A N N E (*à part*).

Que vois-je !

P H I L I P P E.

Nous pouvons remonter. (*il aide Frohberg et referme la trappe*) Ce premier souterrain dans lequel se trouve le puits dont je vous ai fait remarquer l'éffrayante profondeur, à une seconde entrée, la voici : (*il s'approche du panneau du mur à gauche entre les deux colonnes*) Je vais pousser un ressort caché derrière cette colonne : (*le panneau glisse et l'on apperçoit un escalier qui descend adns le souterrain*) voici cette porte de fer dont vous me demandiez l'usage ; elle ferme le souterrain de ce côté, et tourne sur elle-même en poussant le bouton qui est dans le milieu. (*il fait revenir le panneau*).

M A R I A N N E (*à part*).

Heureuse découverte !

F R O H B E R G.

Ma surprise est extrême.

P H I L I P P E.

Je m'y attendais. Actuellement écoutez un projet qui déjouera toutes les recherches des gens du Magnat. Ce souterrain communique par une secrette issue, à un chemin couvert qui se prolonge jusques sur les bords du Danube. Sa sortie est masquée par des rochers couverts de ronces, non loin de là se trouve la cabane d'un pêcheur que je connais, c'est par ce chemin que nous ferons partir Birk et sa prisonnière ; une barque se trouvera disposée, il descendra le fleuve ; arrivé à l'endroit où ses eaux baignent la lizière d'une épaisse forêt... mais quel est ce bruit ?

S C E N E X V I.

L E S M Ê M E S, B I R K,

(*Un des gens de Philippe lui ouvre la porte, il se retire à un geste que lui fait son maître*)

F R O H B E R G.

Que veut dire ceci ! Tu arrives seul, sans Léontine ?

B I R K.

Rassurez vous ; si je l'ai devancée de quelques instants, ce n'était que pour reconnaître les lieux, et m'assurer d'abord de votre arrivée ; l'entreprise était hardie, et sans l'empressement du Magnat à suivre son protégé au camp.../.

F R O H B E R G.

Nadasti serait au camp !

B I R K.

Vous deviez vous attendre de sa part à une démarche qui ne doit pas vous inquiéter, puisque vous n'avez fait que votre devoir en remettant Dalheim sous le glaive de la loi.

F R O H B E R G.

Je connais le prince Eugène ; je ne suis pas en faveur près de lui.... Mais continue.

B I R K.

Impatientées de ne pas voir arriver le messager que Nadasti avait promis de leur envoyer du camp, Imma et Léontine, malgré le crépuscule qui déjà empêchait de reconnaître distinctement les objets, se hasardèrent enfin sur cette terrasse que vous connaissez. Elles étaient seules, Ludolf et moi les suivions déguisés. Ludolf s'élance, enlève Léontine dans ses bras, et part comme l'éclair.... Je retenais Imma et l'empéchais de crier ; enfin au moment où j'entendis Ludolf ouvrir la petite porte du parc, je déposai ma prisonnière, mourante de frayeur, sur un des bancs de la terrasse, et je volai rejoindre mes gens aux pieds de la montagne. Léontine avait perdu connaissance, ce n'est même que depuis quelques instans qu'elle a repris ses sens mais la voici :

SCENE XVII.

Les mêmes, LÉONTINE, LUDOLF, *Gens de Philippe.*

L É O N T I N E (*se débattant.*)

Scélérats !... où me conduisez-vous ?... Laissez-moi... que vois-je !...

F R O H B E R G.

Calmez vos inquiétudes, madame ; vous êtes sous ma protection.

L É O N T I N E.

Monstre ! il ne te manquait que cet attentat pour combler la mesure de tes crimes.

F R O H B E R G.

Qu'on nous laisse seuls. (*On obéit.*)

LÉONTINE.

Non, non.

FROHBERG.

Encore une fois, Léontine, calmez vos allarmes.

LÉONTINE.

Donne-moi la mort ; mais ne me force pas à te voir plus long-tems. (*Elle veut sortir ; Frohberg l'arrête ; elle tombe épuisée sur une chaise.*)

SCENE XVIII.

LÉONTINE, FROHBERG, *puis* AUGUSTE.

FROHBERG.

Ecoutez-moi, Léontine ; je n'ai que peu de mots à vous dire : votre époux est perdu pour vous. Ni le crédit de Nadasti, ni la volonté même du Prince dont il implore en ce moment l'inutile clémence, ne peuvent le sauver. Ne vous flattez donc plus d'un vain espoir ; espérez encore moins vous soustraire jamais à ma puissance. (*Auguste sort du cabinet sans être aperçu, et gagne le fond de la scène. Ses gestes font connaître son extrême agitation.*) Votre enlèvement a été concerté de manière à ne laisser aucune trace de son auteur. Vous vous attendez sans doute à voir visiter ces ruines ; mais apprenez qu'elles renferment des souterrains impénétrables ; que vous allez y descendre ; que vous ne reverrez la lumière du jour que lorsque je l'aurai permis ; enfin que tous ces gens que vous venez d'apercevoir vont, au premier signal, disparaître avec vous dans les entrailles de la terre, et que ceux que vos amis auront envoyés à votre recherche ne trouveront partout ici que l'image de la destruction et le silence de la mort.

AUGUSTE (*fait un mouvement.*)

FROHBERG (*se retourne.*)

Que fais-tu là, va rejoindre tes camarades ?... Non... reste... (*à Léontine.*) Vous le voyez Léontine, vous êtes à moi pour toujours.... Il ne dépend actuellement que de vous d'être la plus heureuse des femmes ou la plus infortunée, je me retire pour vous laisser un moment à vos réflexions ; mais songez qu'un seul mot va décider de votre sort. (*il s'approche d'Auguste.*) Camarade ! je la mets sous ta surveillance jusqu'à mon retour ; tu m'en répondras. — (*Il se retire, et sort par la porte à droite.*)

SCENE XIX.

LÉONTINE, AUGUSTE.

Auguste (*après avoir observé, s'approche de Léontine.*)
Léontine !

LÉONTINE.

Ciel ! comment est-il possible !

AUGUSTE.

C'est à Serini que je dois ma liberté. Le ciel se prononce en notre faveur, puisqu'il nous réunit..... On pourrait nous surprendre.... Deux mots seulement... Serini est retourné au camp.

LÉONTINE.

Peut-il encore s'y montrer sans danger ?

AUGUSTE.

La nouvelle de mon arrestation n'y est point encore parvenue ; nos soldats ne le trahiront pas ; d'ailleurs il n'y restera que le tems nécessaire pour nous ramener du secours.

LÉONTINE.

Puisse-t-il ne pas arriver trop tard !
(*Frohberg, Birk, Ludolf, gens de Philippe, arrivent en silence et avec préeaution.*)

AUGUSTE.

Instruit de l'affreux attentat que les scélérats se proposaient de commettre, et des dangers que tu allais courir, je suis resté pour t'arracher de leurs mains. Le ciel nous favorise. Au moyen de ce déguisement, ils me prendront pour un des leurs.... Viens.... Suis moi... (*Il veut emmener Léontine.*)

SCENE XX.

LES MÊMES, FROHBERG, BIRK, PHILIPPE, LUDOLF, puis MARIANNE.

Ludolf (*saisissant Auguste.*)
Halte-là. Quand je vous le disais, cet homme-là n'est pas des nôtres.... (*Marianne arrive*).

(59)

L É O N T I N E.

Je me meurs. (*Marianne vole à son secours.*)

F R O H B E R G (*à Auguste.*)

Qui es-tu donc ?

A U G U S T E (*repousse Ludolf, et tire son sabre.*)

Tu vas l'apprendre.

L U D O L F (*en parant le coup.*)

Doucement camarade.

(*On entoure Auguste , on le presse , on le désarme , son manteau de valaque s'entrouvre, on voit son uniforme ; au même instant son bonnet de valaque tombe.*)

F R O H B E R G.

Dalheim !

A U G U S T E.

Oui: c'est moi, et si tu n'es pas le plus lâche des hommes, fais-moi rendre mon épée et défends-toi.

F R O H B E R G.

Qu'on l'entraîne !

L É O N T I N E (*se précipite aux pieds de Frohberg.*)

Grâce ! grâce !

F R O H B E R G.

Vous oubliez, madame, que ce serait me trahir moi-même.

A U G U S T E.

Léontine ! que faites vous....

B I R K.

Le général a raison. Point de pitié....

P H I L I P P E.

Par ici mes amis. (*Il ouvre la trappe , Auguste se débat, Léontine s'élance vers lui. Birk la repousse , elle tombe dans les bras de Marianne, Auguste est jetté dans le souterrain que Philippe referme aussitôt.*)

L É O N T I N E.

Il est perdu.

M A R I A N N E (*bas à Léontine.*)

Je le sauverai !

(*Léontine regarde Marianne avec étonnement.*)

M A R I A N N E (*bas.*)

Silence !

FROHBERG.

Conduisez madame dans une chambre particulière, là-haut, et veillez sur elle....

MARIANNE.

Allons, ma belle dame, il faut savoir prendre son mal en patience.... venez... (*bas et lui aidant à marcher*) ne craignez rien !
(*Léontine, appuyée sur Marianne, monte l'escalier et sort.*)

SCENE XXI.

FROHBERG, BIRK, LUDOLF, PHILIPPE.

FROHBERG.

Nous sommes trahis....

PHILIPPE.

Comment cet homme a-t-il pu s'introduire ici...

BIRK.

Sans nous arrêter à de vaines recherches, prenons sur le champ un parti convenable aux circonstances.

FROHBERG.

Et lequel ?

BIRK.

Vous connaissez le projet de Philippe. Il faut le réaliser à l'instant même. Partons.

PHILIPPE.

C'est bien dit; mais un moment, s'il vous plaît : on n'a pas été pendant cinq années dans ces ruines sans amasser quelque chose J'ai une cassette et divers objets précieux à mettre en sûreté. Ce sera bientôt fait; vous m'aiderez. Suivez-moi tous. Toi, Birk, ferme cette porte, et ôtes en la clef. (*Tout le monde sort, Birk ferme la porte du fond.*)

SCENE XXII.

BIRK, LUDOLF, MARIANNE (*sur le perron*)

BIRK (*arrête Ludolf.*)

Un mot !...

LUDOLF,

Que veux-tu ?

B I R K.

Ils perdent la tête, et notre prisonnier donc ?... il ne peut nous suivre, et encore moins rester ici.

L U D O L F.

C'est juste; mais qu'en faire ?

B I R K.

Il y a un puits dans ce souterrain.... il est vaste et profond...

L U D O L F.

J'entends.... Philippe a la clef : viens.

B I R K (*lui frappant sur l'épaule.*)

A la bonne heure, donc.   (*Ils sortent.*)

SCENE XXIII.

MARIANNE, *puis* LÉONTINE.

M A R I A N N E (*descend avec précipitation.*)

Juste ciel ! je n'ai point un moment à perdre. (*Elle vole vers le panneau; elle cherche le ressort, le trouve; le panneau glisse; elle descend.*)

L É O N T I N E (*sur le perron.*)

Elle ne revient pas....

SCENE XXIV.

PHILIPPE, LUDOLF, *deux autres des gens de Philippe, dont l'un porte une lanterne;* LÉONTINE, (*sur le perron.*)

L U D O L F.

Dépéchez-vous d'ouvrir le souterrain.

P H I L I P P E.

Soyez sur vos gardes.... S'il avait quelques armes cachées....

L U D O L F.

Sois tranquille ; nous ne sommes pas des enfans.

L É O N T I N E (*bas.*)

Grand Dieu ! ils vont l'assassiner.... (*Elle cherche, en chancelant, à descendre l'escalier, pendant ce tems Phi-*

lippe a ouvert ; Ludolf et ceux qui l'accompagnent sont des-
cendus avec la lanterne ; mais au même instant on voit entre
les colonnes arriver Marianne , tenant Auguste par la main.

PHILIPPE (*regagne en tâtonnant la porte à droite.*)

Moi, je vais terminer mes préparatifs de départ , car décidément il faut nous hâter de sortir d'ici. (*Il sort à droite*)

SCENE XXV.

AUGUSTE, MARIANNE, LÉONTINE, SERINI,
Soldats sur la galerie.

LÉONTINE.

Je n'entends plus rien. (*Elle marche à tâtons.*)

AUGUSTE (*de même.*)

C'est la voix de Léontine.... (*il s'approche.*) Léontine ?

LÉONTINE.

C'est toi ? ah ! fuis, fuis !

MARIANNE.

On marche sur la galerie.....

SERINI (*sur la galerie*). (*à voix basse*).

Est-ce vous Marianne ?

MARIANNE.

C'est le Capitaine ! (*elle monte l'escalier*).

AUGUSTE (*conduisant Léontine vers le fond*).

L'instant de notre délivrance est donc enfin arrivé.

MARIANNE (*arrive avec le Capitaine*).

Le voilà ! le voilà !

LÉONTINE.

Généreux ami !

SERINI.

Que vois-je !

AUGUSTE.

Nos soupçons n'étaient que trop fondés : ils l'avaient enlevée.

SERINI.

Bannissez toutes allarmes, Nadasti que j'ai retrouvé au camp, arrive en force. J'ai pris les devants avec ces deux braves, par le sentier de la montagne pour venir vous l'annoncer.

MARIANNE.

On vient. (*Ils se retirent tous sur l'escalier de la galerie*).

SCENE XXVI.

LUDOLF et ses Camarades, (*sortent du souterrain.*)

LUDOLF.

C'est assez chercher, il n'y est plus. Allerte, allerte. (*Birk, Philippe et ses gens arrivent avec des flambeaux*). Le prisonnier est échappé.

PHILIPPE (*montrant la galerie*).

Le voilà !

BIRK.

Qu'on le saisisse. (*Les gens se précipitent vers l'escalier*).

SERINI (*s'avance, leur présentant deux pistolets*).

Scélérats ! (*Les gens de Philippe veulent se jetter sur Serini, qui tire. Au même instant on entend plusieurs coups de fusils au dehors*).

SERINI.

Voilà nos libérateurs !

(*Serini, Auguste, les deux soldats que Serini a amenés avec lui se précipitent sur la scène*).
(*Combat ; la scène s'éclaire*).
(*La porte du fond est enfoncée, on apperçoit une vaste étendue de ruines, où des soldats hongrois sont aux prises avec les gens de Philippe ; Frohberg traverse la scène, poursuivi par Serini. Le combat gagne insensiblement l'intérieur. Au moment où la scène est vide, Imma arrive*).

SCENE XXVII.

IMMA, LÉONTINE, MARIANNE, PAOLO,
Bucherons.

IMMA *arrive en courant*).

Léontine ! Léontine !

LÉONTINE (*descend de la galerie dans les bras de Marianne*).

IMMA.

Je te retrouve enfin !

SCENE XXVIII.

Les mêmes, NADASTI, AUGUSTE, SERINI,
Soldats.

NADASTI.

Mes enfans ! (*il embrasse Léontine et Imma*)

AUGUSTE.

O ma Léontine !

LÉONTINE.

Cher époux !

SERINI (*arrive*).

Auguste, tu es vengé, le scélérat a cessé de vivre.

NADASTI.

Frohberg !

SERINI.

Une balle l'a atteint lorsqu'il fuyait devant moi à travers les ruines ; il vient d'expirer. Ses complices sont arrêtés.

NADASTI.

Mort trop douce pour un pareil monstre, sur la tête duquel le Prince lui même allait provoquer toute la rigueur des lois. Brave Serini, que l'amour soit pour vous le prix de l'amitié. Je vous accorde la main de ma fille.

SERINI.

La main d'Imma, Auguste heureux, je n'ai plus de vœux à former.

NADASTI.

Vous le voyez, mes amis ; c'est souvent au moment où nous ne craignons pas de la méconnaître, que la providence nous comble de ses plus rares bienfaits.

FIN.

De l'Imprimerie de Nouzou, rue de Cléry, n°. 9.